MW00911862

Los amores de Laurita

Ana María Shua

# Los amores de Laurita

emecé

Shua, Ana María
    Los amores de Laurita.- 1ª ed. – Buenos Aires : Emecé Editores,
2006.
    200 p. ; 23x14 cm.

    ISBN 950-04-2791-5

    1. Narrativa Argentina I. Título
    CDD A863

© 1984, Ana María Shua

Derechos exclusivos de edición en castellano
reservados para todo el mundo
© 2006, Emecé Editores S.A.
Independencia 1668, C 1100 ABQ, Buenos Aires, Argentina
www.editorialplaneta.com.ar

Diseño de cubierta: Departamento de Arte de Editorial Planeta
1ª edición: setiembre de 2006
Impreso en Buenos Aires Print,
Anatole France 570, Sarandí,
en el mes de agosto de 2006.

IMPRESO EN LA ARGENTINA / PRINTED IN ARGENTINA
Queda hecho el depósito que previene la ley 11.723
ISBN-13: 978-950-04-2791-3
ISBN-10: 950-04-2791-5

Como a toda mujer, se me acusa de ser también araña, se espera de mí esa segregación constante de hilos pegajosos que debo aprender a constituir en red para justificar la cobardía de los hombres, convencidos de mi avidez por sus líquidos vitales cuyo sabor repugnante y amargo ni siquiera imaginan, cuya vergonzosa escasez no se atreven siquiera a concebir (con decir que a veces necesito tres o cuatro para una sola comida).

Para atraerlos, no hay como descubrir ocultando. Un poco de orégano por aquí y por allá y aros de cebolla en los lóbulos de las orejas para disimular los anzuelos. Cuando hay cardumen, mantenga la calma: no es conveniente atrapar más hombres de los que se puede consumir en un invierno. La primavera los vuelve flacos y tornadizos, toman un fuerte sabor acidulado y su conservación resulta problemática.

Desde hace dos semanas ha resuelto abstenerse de fumar mientras sus pacientes estén en el consultorio. Tal vez por eso se despide tan alegremente de la joven pareja y, antes de hacer pasar a la siguiente, enciende un cigarrillo que será el último. El último cigarrillo de toda su vida, piensa, complacido por su fuerza de voluntad y por la nicotina que vuelve a ingresar agradablemente a su metabolismo.

—La espero en una semana, Laura. O antes, ya sabe, cualquier duda me llama.

A pesar de su vientre voluminoso y de sus piernas levemente edematizadas, la señora Laura se mueve con agilidad. El marido paga la consulta y solicita un recibo que le permitirá percibir el reintegro estipulado por la asociación de servicios médicos a la que pertenecen. Dejan con pena ese pequeño enclave de frescura que el aire acondicionado mantiene en el vientre de la ciudad que arde y vuelven a entrar, resignados, al duro verano de Buenos Aires.

En la calle, ella se niega con una sonrisa pícara a subir al automóvil.

—Falta mi premio —le recuerda.

Y él, aunque está apurado, se deja seducir por la engañosa dulzura de la cara de su mujer, esa suavidad fingida por la hinchazón de los labios, la falta de ángulos, el brillo de la piel y de los ojos. En un último movimiento de rebeldía, trata de negarse, sin embargo, aduciendo lo temprano de la hora y la proximidad de la clase de gimnasia preparto a la que ella debe concurrir. Pero la señora Laura ha decidido que no asistirá a la clase a causa del calor y de sus dolores articulares. No ha desayunado ni almorzado para ganarse la buena voluntad de la balanza del consultorio y considera que las dos de la tarde es una hora perfectamente adecuada para tomar un té con masas en la confitería de la otra cuadra.

El golpe de aire fresco que reciben al entrar en la confitería confirma en su deseo al marido de la señora Laura: el próximo verano tendrá un nuevo modelo de automóvil, provisto de aire acondicionado. Se sientan en una mesa próxima a la ventana y, mientras esperan al mozo, dejan que la conversación avance por el camino de siempre, como un río que vuelve, después de la sequía, a su cauce previsto, inevitable.

La señora Laura comenta que a su madre le resulta llamativa la frecuencia de sus visitas al médico obstetra, ya que ella misma habría comenzado las consultas (pocas, breves y espaciadas) hacia el final del embarazo.

—¿Tu mamá se extraña? Lo que será tu abuelita, entonces —dice el hombre.

—Uh, mi abuelita ni hablemos. Hace el cálculo de lo que pagamos cada visita, le suma los intereses y se vuelve loca. Imaginate ella: tantos hijos y a la partera no la veía hasta que no estaba con los dolores.

Él pregunta, entonces, aunque conoce la respuesta, qué edad tenía la abuelita cuando nació su primogénito, el padre de la señora Laura. Desmintiendo el concepto popular de que los niños, en la actualidad, alcanzarían más rápidamente la madurez estimulados por los medios de comunicación, Laura recuerda que, cuando nació su padre, su abuelita tenía sólo dieciséis años.

# I. Dieciséis

*En que Laurita cumple por última vez dieciséis años.*

Vio una forma gigantesca, borrosa, que no trató de identificar. Después reconoció un dedo, un dedo muy grande, rodeado de gruesos cables oscuros. Su propio dedo pulgar, el de su mano derecha. Sus propios cabellos allí, tan cerca de sus ojos que tuvo que forzar la mirada para enfocarlos, definir sus contornos, separándolos de la masa indivisa de sensaciones visuales. Movió el brazo lentamente, con sorprendente conciencia de la orden impartida por su cerebro, sintiendo casi el pasaje del impulso a través de sus neuronas, axón-dendrita-axón, hasta llegar a los músculos que se tensaron para provocar el movimiento.

Había terminado de atravesar la misteriosa región del despertar, esa tierra de nadie que se extiende entre el sueño y la vigilia. Escuchó una voz que la llamaba por su nombre, sintió el olor cálido de su cuerpo entre las sábanas, y llegaron hasta ella los sonidos de la casa que despertaba también, poniéndose en marcha para iniciar un nuevo día, un día igual al día anterior, al día siguiente, el ruido del agua corriendo en la pileta de la cocina, la breve explosión de la descarga del inodoro, el entrechocar de la vajilla, puertas que se abrían y se cerraban. Laura supo que estaba despierta sin remedio y que era el día de su cumpleaños. Sintió el olor a café con leche y a tostadas calientes y tuvo miedo de que su vida fuera siempre así, sin cambios y sin fin.

Era un hermoso día de sol y muy lejos de la ciudad de Buenos Aires, en una isla inexplorada de los mares del sur las nativas, con sus pareos ajustados al cuerpo, saldrían de sus cabañas techadas con hojas de palmera y se extenderían como lagartos sobre la arena blanca de la playa para pensar en los misterios de la vida y el amor. Después, con los pechos desnudos, sintiendo el aire cálido y perfumado alrededor de sus pezones erguidos, se reunirían en la casa de las mujeres para comparar el dorado de la piel de sus brazos mientras las ancianas se ocuparían en recolectar los plátanos que habrían de freír para el almuerzo. Los hombres cazarían peces con pequeños arpones de hueso. Los hombres serían fuertes y hermosos, poetas y compartidos. Era un sábado por la mañana y Laura tenía clase de francés en la Alianza. Su madre entró a la pieza con el regalo de cumpleaños. Era una mujer alta y erguida que se había resistido hasta entonces a cortarse el largo pelo rubio, aunque las reglas sociales indicaran que una mujer de su edad y de su clase debía usar el cabello corto y con peinado de peluquería. Laura había estado siempre orgullosa, con un matiz de complicidad, de la espesa mata de pelo claro que era necesario volver a teñir cada dos meses para ocultar las canas. Pero esa mañana su madre le pareció más vieja y más baja que de costumbre y le molestó ese adorno de muchachita rodeando una cara que había iniciado ya el triste y breve viaje del otoño.

Llevaba un salto de cama rojo, de corderoy, muy viejo y muy cálido, que Laura recordaba haberle visto puesto desde su infancia. Y esos días, los días en que Laura era chica y se acercaba con cuidado a la cama grande para no quemarse con el brasero donde estaba la pava para el mate, le parecían ahora tan lejanos como la isla de las mujeres doradas.

El regalo era una cartera chica, de cuero negro con adornos de terciopelo, como estaba de moda en ese momento. Laura se sintió decepcionada. Su madre percibió su decepción y se erizó, lista para la lucha.

—Si no te gusta el color, podés cambiarla, tengo la boleta: había también en azul y en marrón, el negro me pareció más fino.

—Gracias, mamá, pero sabés que yo no uso cartera. Me pongo todo en los bolsillos o llevo un bolso.

—Hacés mal —su madre fue tajante—. Una mujer tiene que usar cartera. Una linda cartera haciendo juego con los zapatos. Es lo mínimo que se puede pretender de una mujer: que sea elegante.

Lo mínimo, el tope mínimo: ése era entonces el umbral, la lejana plataforma a la que debería ascender (o descender) para ser una mujer, una mujer verdadera que cumpliera con las expectativas de su madre. Una mujer elegante. Ese era el camino que se extendía delante de sus pasos, el camino por el que estaba obligada a transitar. Y aunque Laura se vestía, sin saberlo, como todas las chicas de su edad y de su clase, que no usaban cartera y se metían todo en los bolsillos o llevaban un bolso, supuso que ella no quería ser una mujer elegante, imaginó que había elegido no serlo. Le pareció despreciable que una mujer inteligente, como su madre, diera importancia a la armonía entre los zapatos y la cartera: despreciable. La angustia le cerró la garganta mientras entreveía un tiempo futuro en el que ella misma sería empujada al odioso rebaño de todas las mujeres, en el que dejaría de preguntarse por el sentido de la vida para preocuparse por el color de una cartera. Y pudo ver también que, aun entonces, cuando hubiera decidido entregarse, dejarse envolver por la telaraña de los días, descender por el plácido tobogán de la mediocridad, aun entonces, cuando deliberadamente se lo propusiera, jamás llegaría a ser ella, Laurita, una mujer elegante, tan naturalmente elegante como su madre. Esa certeza deshizo su orgullosa indiferencia y Laura supo que, además de despreciar a su madre, también era capaz de envidiarla.

*Un mar plácido y azul se extiende alrededor de la isla: no hay rompiente. El arrecife de coral forma una barrera que enlaza las aguas quietas, como las de una laguna. La isla es alta y se empina elevándose hacia su propio centro. Hay sonidos: el sonido del mar, el de los pájaros, el sonido de la vegetación que crece locamente, sin cesar, hundiendo sus raíces, desplegando sus hojas. El color vivo y brillante de las flores atenúa apenas el verde general. Sólo en las playas hay palmeras, cocoteros. Por todas partes crecen árboles de extensa copa cuyas flores carnosas embalsaman con su dulce perfume el aire de la isla.*

Mientras buscaba el libro de lengua y cultura francesas, Jorge la llamó para felicitarla por su

cumpleaños y también eso era previsible, parte
del camino. Tenía que estudiar todo el día, se verían por la noche. Inoportunamente llegaron entonces los recuerdos: cómo se habían conocido,
cómo le había declarado su amor, cómo, mientras
él hablaba, ella lo había escuchado apasionadamente, tratando de registrar una a una sus palabras para poder repetírselas a sus amigas: se me
tiró Jorge, les diría, en una jerga que dos años después ya estaba comenzando a ser olvidada, reem-
plazada, pero que en esa época les había parecido única y eterna.

Iban parados juntos en un colectivo y él le había mostrado los dos boletos.

—Como estos boletos quiero que estemos nosotros siempre.

Laura había intentado tomar los boletos para
observarlos mejor, descifrar el enigma, pero él
había retirado rápidamente la mano. Ella había
seguido mirando los boletos interrogativamen-
te, sin entender, hasta que él le había dicho, casi
impaciente:

—Como estos boletos: ¡juntos! —y había guar-
dado los dos trocitos de papel en su billetera.

Dos años habían pasado desde la inolvidable,
imperdonable metáfora. Dos años de urgentes
abrazos con el ascensor parado entre dos pisos,
de agotadoras caricias en el sofá del living, de lentos placeres en los pajonales del Tigre, adonde sa-

lían a remar los domingos por la mañana y volvían al caer la tarde, horriblemente picados por
los tábanos.

Desde la serena altura de sus ahora dieciséis
años, Laura contemplaba con ternura la imagen
de esa muchachita de catorce que se había apre-
surado a aceptar lo que consideraba la única, la
última oportunidad de su vida. Porque Laurita,
la de catorce, suponía, mirándose sin esperanzas en el espejo cruel, que sólo una mujer es-
plendorosamente bella podía merecer el deseo
o el amor de los hombres y Laura, la de dieciséis,
estaba empezando a descubrir que todos los
hombres desean o pueden llegar a desear a todas las mujeres.

Todos los hombres: y Jorge no era fuerte ni hermoso, ni mucho menos poeta, no cazaba peces con
pequeños arpones de hueso; Jorge estudiaba, se casaría con ella, los padres de él y los de ella se pon-
drían de acuerdo, después de muchas discusiones,
en el número de personas que cada familia podría
invitar a la fiesta, en comprar a medias el departamento de tres ambientes y pieza de servicio en el
que habrían de vivir. Una tía de él les regalaría el
juego de copas y un tío de ella el juego de cubier-
tos; Laura tendría platos de loza para todos los días,
y platos de porcelana para recibir a sus invitados, y tarros de plástico para poner el arroz y los
fideos, y una batería de cocina de acero inoxidable

y una mucama para cocinar en ella y el tiempo pasaba, veloces habían pasado los dos últimos años, veloces pasarían los siguientes.

Dieciséis años: demasiado tarde para todo. La suerte estaba echada, estaba jugada Laura, el tiempo de las decisiones había terminado, todo estaba decidido, previsto, dos años más pesaban sobre su cuerpo que se asomaba ya a la decadencia.

Y sin embargo cuando, acostada en el piso para recibir con todo el cuerpo la vibración de las ondas sonoras, escuchaba a todo volumen su canción preferida, un nebuloso destino de gloria parecía llamarla, aguardaba en algún lugar del tiempo o del espacio. La canción se llamaba *Sealed with a kiss,* la cantaba Brian Hyland y la letra hablaba de una pareja que debía separarse porque las vacaciones habían comenzado, o tal vez porque habían terminado, Laura no sabía suficiente inglés como para definirse por una de las dos opciones: de todos modos, él prometía enviarle a ella todos los días una carta sellada con un beso.

Pero la letra le resultaba indiferente. Era la música y la forma en que el intérprete arrastraba empalagosamente su voz a través de esa música (lenta, melancólica) lo que le prometía a Laura, vaya a saber por qué, una vida futura escandalosa y feroz, asegurándole un imprevisible torbellino que la llevaría a surcar mares y explorar jamás hollados suelos, liberar multitudes que gritarían su nombre, asombrar al mundo con sus obras, vivir una o muchas arrebatadoras pasiones. Ese destiño clamoroso y confuso (en el que Jorge no encontraba lugar) en modo alguno excluía el matrimonio, ni siquiera, después del escándalo inicial, la alborozada aprobación de sus padres.

Hablando un día con Jorge acerca de su futuro, el de Laura, él había sido definitivo:

—El león sale a cazar: la leona se queda en la cueva cuidando a los cachorros.

En la cueva: y Laura hubiera podido sonreír ante la rigurosa normatividad que las palabras pretendían imponer a su vida (después de todo, su propia madre era una profesional de éxito), si la penosa ignorancia de Jorge no la hubiera estremecido: porque hasta en las películas de Walt Disney era posible aprender, prestando un poco de atención, que las leonas cazan, son grandes cazadoras, más peligrosas, más sangrientas que sus perezosos consortes.

*Una de las jóvenes isleñas se destaca entre las demás por la esplendorosa belleza de su cuerpo, por la sedosa textura de sus cabellos. Frangipani es su nombre: Frangipani, el nombre de las flores carnosas cuyo dulce perfume embalsama el aire de la isla. En la playa, mientras las grandes tortu-*

*gas desovan en la arena, Frangipani traza dibujos asombrosos, antiquísimas guardas transmitidas de generación en generación por las mujeres de su tribu.*

—Volvé temprano —le dijo su madre en la puerta—, acordate que hoy tenés tu almuerzo de cumpleaños.

Dieciséis años: por última vez dieciséis años. La sensación del paso del tiempo, de su carrera a través de cada una de sus células, a través del aire que respiraba, a través de los objetos, se le hacía a Laura cada vez más aguda, acuciante. El tiempo tiempo tiempo se negaba a detenerse, se encaminaba sin piedad hacia su propio fin.

En la Alianza la sensación tomó forma de dolor y se le hizo intolerable. La mayor parte de las alumnas eran mujeres en el filoso límite de la vejez, mujeres que habían dejado transcurrir sus vidas y las habían perdido en su transcurso, que habían dejado que el tiempo las atravesara irresponsablemente, mujeres que se aburrían y estudiaban francés cuando ya era tarde para cualquier otra cosa.

Laura imaginó las vagas ansias de algo distinto, indefinido, que había empujado la correosa sequedad de sus vaginas hacia la Alianza Francesa, donde sus narices se dilataban de placer como si la impecable pronunciación de los profesores las inundara de olor a París, el imaginario París de

Jean Gabin, el de Paul Muni disfrazado de Toulouse Lautrec, el de las putas tan escandalosamente francesas bailando un eterno cancán sin calzones.

No pudo soportarlo y decidió no entrar, fue a una confitería de la calle Córdoba, pidió un tostado de jamón y queso, observó aterrada, después de cada mordisco, la irreversible reducción del sándwich.

*Una voz, muchas voces, repiten su nombre: Frangipani se pone de pie y corre a reunirse con las demás. Las Grandes Danzas van a comenzar y Frangipani es la más grácil, la más alada de las bailarinas. Sus pies desnudos pueden convertirse en pájaros y en peces y la fuerza con que sus plantas se apoyan en el suelo es capaz de desviar a la tierra misma de su eje y sus pechos firmes se balancean apenas al ritmo de su cuerpo, ese ritmo que introducen los tambores en el centro de su vientre y que vuelve a derramarse desde allí en ondas vertiginosas que la estremecen hasta las puntas de los dedos.*

Volvió temprano, como lo había prometido. Laura hubiera preferido que su cumpleaños pasara olvidado, en silencio, pero su madre había insistido en festejarlo al menos con un almuerzo en familia. Habían puesto el mantel adamascado, el segundo en importancia, el de las no-tan-grandes-ocasiones y Laura, convencida de que esta pequeña ceremonia era triste y absurda, no podía entender por qué entonces la ausencia del mantel de encaje, el de las grandes-grandes ocasiones, le resultaba dolorosa. Brillaban las copas de cristal y el borde dorado de los platos. Su abuela ya estaba sentada en la mesa, comiendo pan. Estaba invitada una amiga de su madre que se había recibido de abogada hacía muy poco. Se sentaron a comer sin esperar a su padre, que siempre se retrasaba.

—Te preparé tu plato preferido —dijo la madre de Laura, mientras la mucama traía una fuente de pollo a la naranja con arroz.

Cuando el olor ácido y dulzón de la comida llenó la habitación, Laura sintió que los ojos se le llenaban de lágrimas: el pollo a la naranja no era su plato preferido y la confusión de su madre le había provocado una ridícula desazón. Se levantó de la mesa y en el baño lloró sin motivo, con la cara apretada a la toalla.

Comió desganada, avergonzada y orgullosa, dispuesta a callar su disgusto, dispuesta a hacerlo notar. Su padre llegó en mitad de la comida, recibió los reproches con la indiferencia de una roca azotada por las olas y con dos rápidos bocados se puso a la par de los demás. Las copas ya no brillaban, llenas de soda o Seven Up y poco a poco el mantel iba sufriendo los embates de los comensales, cubriéndose de restos de pan y manchas de salsa de naranja.

Hacia los postres la conversación se centró en la posible presencia de seres extraterrestres en los comienzos de la humanidad. Su padre había leído recientemente un libro que sostenía esa tesis y la defendía enérgicamente. Era un hombre de gustos definidos, de ideas envidiablemente claras y concretas y eso lo llevaba, paradójicamente, a aceptar las más fantásticas explicaciones, que prefería siempre a los misterios.

Cierta vez le habían preguntado, delante de Laura, qué características o cualidades eran las más importantes en un buen matrimonio. Como siempre, había contestado sin vacilar: respeto y tolerancia. Laura sabía que para su padre era más importante dar una respuesta rápida y categórica que tratar de descubrir su propia verdad y sin embargo, desde entonces, no podía dejar de pensar en el buen matrimonio de sus padres respetándose y tolerándose, tolerándose y respetándose durante veinte años.

—Hay muchas cosas inexplicables en la Antigüedad —dijo ahora su padre, mientras hacía bolitas con la miga del pan—. Y la hipótesis de los extraterrestres puede explicarlas todas.

—Ese pollo que comimos no era fresco —dijo la abuelita—. Era un pollo congelado.

—Ah, yo creo solamente en lo que veo y lo que toco. Los abogados tenemos que enfrentarnos cada día con situaciones límites y eso nos vuelve muy escépticos —dijo la amiga de su madre que había dado su último examen en la Facultad de Derecho hacía unos quince días.

—Era un pollo de frigorífico. Es fácil darse cuenta cuando un pollo es de frigorífico —insistió la abuela—. Los huesitos son oscuros y no tienen gusto a nada.

—Ojo, que yo no soy de los que creen en brujas —dijo el padre, celoso de que alguien pudiera disputarle su primacía en el terreno del escepticismo, en el que se consideraba imbatible—. Pero ese libro está muy bien documentado, explica todo. Explica, por ejemplo, cómo se construyeron las pirámides. ¿Alguien sabe, si no, cómo se construyeron las pirámides? —añadió desafiante.

—Bueno, con los esclavos ¿no? —aventuró la abogada.

Y por la mente de todos los comensales cruzó la imagen arquetípica, inevitable, de una larga fila de extras de Hollywood arrastrando inmensos bloques de papel maché mientras los capataces y el jefe de producción los azuzaban con largos y flexibles látigos imitación cuero.

—Bah, tracción a sangre. Eso no explica nada —dijo el padre.

—Hay muchas cosas que no se pueden explicar —dijo la abuela—. Por qué alguien tiene que comprar un pollo de frigorífico y pagarlo como si fuera fresco.

—Bueno, pero te lo comiste, ¿no? ¡Te lo comiste como si fuera bueno! Entonces ahora callate —dijo la mamá de Laura. Y agregó sin transición, pero en otro tono—: Y no sólo las pirámides egipcias, están también las aztecas. Yo estuve en México y las vi. Me acuerdo de que en México a los panes les decían bolillos.

Y se enfrascó en una lenta y lujosa descripción de su viaje a México en honor de la invitada, una historia que había repetido ya cientos de veces y que los demás no se atrevieron a interrumpir, limitándose a hacer los comentarios esperados en las pausas previstas.

Y el tiempo pasaba. Así son, se dijo Laurita con horror. Así sería ella cuando el tiempo hubiera terminado de embotar su filo: reiterativa, grisácea, tolerante. Adulta.

*Frangipani dirige la danza y su cuerpo se mueve como una garza primero, y después como un cocotero empujado por el viento mojado de la tormenta y sus brazos son ramas y alas y los tentáculos de un pulpo que cambia de colores al arrastrarse por el arrecife de coral. Y mientras baila y se acerca maravillosamente al éxtasis impulsada por las miradas de los hombres, que se posan como insectos golosos sobre la dulzura de su piel, Frangipani tiene repentina conciencia de una mirada extraña, distinta de las demás, una mirada que en lugar de posarse sobre ella se le clava, la atraviesa.*

Esa noche Jorge, que había viajado el otro fin de semana al Uruguay con algunos compañeros de la facultad, le contó a Laura sus experiencias en un prostíbulo de Colonia. Se habían divertido mucho, dijo Jorge, espiando por debajo de la puerta a uno de sus compañeros mientras estaba con la mujer. Veían la espalda del Rubio que subía y bajaba y esa visión los había colmado, al parecer, de gozo y alegría. Jorge se había acostado con una chica muy joven.

—Yo no soy puta —le había dicho ella, después—. Yo hago esto porque necesito la plata, tengo hermanitos que mantener: las que lo hacen por gusto, ¡ésas son putas!

Y mientras fingía escucharlo Laura empezó a pensar que tal vez no fuera demasiado tarde, tal vez fuera posible escapar del camino, encontrar otro, o mejor todavía, huir a campo traviesa, entre las matas de cardo, cagar al aire libre, no tener que cepillarse los dientes todas las mañanas. Y mientras tanto el tiempo pasaba, seguía pasando, los segundos se amontonaban enloquecidamente, arrastraban a su paso a los minutos y los minutos a las horas, verdaderos aludes de tiempo que caían sobre su cabeza.

Para festejar su cumpleaños, Jorge la había

invitado a ver una película que él había visto solo, en el Uruguay. Toda la semana había estado hablando de esa historia, de esas imágenes, a tal punto lo habían conmovido, emocionado, que deseaba compartirlas con ella, volver a emocionarse, conmoverse a dúo.

Era una película de amor y describía ese amor con imágenes fuera de foco, con muchas corridas y abrazos en cámara lenta y una estilización del acto sexual que lo volvía supuestamente poético, supuestamente bello, de acuerdo con un concepto de belleza que rechazaba obstinadamente la verdad. La película era bella como ciertos adornos de porcelana que se exhiben en las vitrinas, era bella como las caritas de niños de grandes ojos que pintan para vender por docenas en los lugares de veraneo los pintores fracasados, era bella como un canario enjaulado y un durazno en almíbar.

Putas son las que lo hacen por gusto, se decía Laura, mientras caminaban tomados de la mano por Lavalle llena de gente. Entonces, si a Jorge le gustaba tanto esa película, si tanto lo conmovía, qué monstruoso debía parecerle lo que sucedía entre ellos, esas anhelosas, desesperadas, torpes caricias que se detenían, que se derramaban en el límite mismo de lo prohibido, embadurnando de semen la piel de su vientre.

—Te estuviste rascando las piernas toda la película. Queda feísimo. ¡No puedo aguantar que te rasques! —dijo Jorge, mientras se sentaban a la mesa de una pizzería.

*Y son ojos enrojecidos, legañosos, los que se clavan en Frangipani mientras baila. Una de las ancianas de la tribu se ha atrevido a desviar hacia ella la mirada que debía haber estado fija en el cuenco donde se fríen los plátanos en el aceite de coco. Y Frangipani devuelve la mirada y ve a la vieja como si la viera por primera vez, y ve sus pechos fláccidos y arrugados como bolsas de piel de tiburón y ve su cara de tiburón viejo, desdentado, y en un relámpago terrible se ve a sí misma cuando sus piernas no tengan fuerzas ya para danzar y un intrincado arabesco de venas azules y protuberantes las adornen para siempre, y se ve a sí misma recolectando los plátanos que deberá freír en aceite de coco para alimento de las jóvenes danzarinas de la tribu.*

Pidieron una pizza tradicional, chica, de muzzarella, una jarra de agua y comieron sin hablarse, en un silencio pesado que el ruido de la pizzería apaciguaba apenas. Laura no tenía valor para comentar la película y Jorge, que percibía la distancia, no se atrevía a hacer preguntas.

Y mientras terminaba el último pedazo de

pizza Laurita miró a Jorge y lo vio parado en el
templo, esperándola, del brazo de su madre, y
lo vio vestido con un traje sutilmente ridículo
que él supondría original y elegante, un smoking
blanco, por ejemplo, y una camisa con punti-
llas, y se vio a sí misma con su blanco vestido
de novia y un ramo de azahares en la mano caminando lentamente por la alfombra roja, del
brazo de su padre, pisando la alfombra suavemente con sus zapatitos blancos, tan suavemente como si caminara sobre un colchón de
huevos podridos y una presión apenas excesiva del pie, del taco de los zapatitos, fuera suficiente para que uno de los huevos se rompiera
y el olor sulfuroso, repugnante, se esparciera
entre los invitados, que llevarían delicadamen-
te sus pañuelos a la nariz disimulando, sonriendo. Y aguzando la mirada pudo ver, también, a la modista, la feliz creadora de su traje
de novia, que la seguiría durante todo el trayec-
to arreglando los pliegues de la cola, retocando
la caída del velo, apartándose solamente cuando las señas del fotógrafo se lo indicaran y volviendo a acercarse apenas diluido el fogonazo
del flash, consciente, en su orgullosa modestia
de artista, de que no era su rostro sino su obra
lo que debía quedar inmortalizado para siempre. Entonces sería una mujer casada, y nunca
más podría volver a rascarse las piernas sin

atraer sobre sí la irritación de su legítimo espo-
so. Laura tragó el último bocado de pizza y volvió a rascarse ferozmente, con riesgo de correr-
se las medias.

—No te rasques —le dijo Jorge—. ¿Qué te pasa?

—Estaba pensando —dijo Laura—. No sé. Que
podríamos dejar de vernos. Por unos días nada
más. Por una semana, por ejemplo.

—¿Estabas pensando en qué? ¿Qué me estás diciendo? —Jorge palideció, llamó al mozo.
Pagaron la cuenta entre los dos, salieron a la calle, había menos gente, era tarde, hacía frío, había niebla, se tomaron de la mano, la mano de
Jorge estaba muy transpirada, la de Laurita
temblaba, estaba fría. Y el tiempo pasaba, seguía pasando.

Y Jorge empezó a llorar, le pidió que no lo
dejara, se humilló, la odió, entre hipos y sollozos amenazó con tirarse debajo de un tren y
Laurita lo odió, supo que era mentira, lo imaginó junto a las vías, dudoso, acobardado, lo des-
preció, lo quiso, le acarició la cabeza, no tuvo
coraje para seguir adelante, comenzó discreta-
mente a retractarse, dijo que todo había sido un
momento de, que no se lo tomara como, que en
realidad no había querido decir que, todavía estaban a tiempo de, todo podía arreglarse si, y caminaron y caminaron y se besaron y Jorge se
tranquilizó, se envalentonó, y le dijo que esta-

ba dispuesto a, que tal vez fuera mejor si, que total por una semana, y entonces Laura enérgicamente que no, enérgicamente que lo amaba, adoraba, de ninguna manera podría soportar una semana sin verlo, hablarle, escucharlo y él fortalecido ahora, ganador, presionando con la bota el cuello del enemigo derribado, como si vencerlo no hubiera sido suficiente, había que hacerle pedir perdón, insistiendo Jorge en que sin embargo, en realidad también él, después de todo por qué no, y Laura asustada, defendiéndose, odiándolo, nada de dudas por su parte, enérgicamente todo amor, amor para siempre, para siempre, para siempre, se decía Laurita vencida, desalentada. Y caminaron y caminaron y llegaron al Parque Rivadavia y había niebla y se sentaron en un banco y se abrazaron y se besaron y empezaron a acariciarse con la refinada lentitud del deseo que tendrá que bastarse a sí mismo, del deseo que se muerde la cola y Jorge la acarició por encima del abrigo, por debajo de la pollera, y Laurita recordó que aunque no le gustara Jorge le gustaban su olor y sus manos y sus dientes, le gustaba su lengua, y oyó una voz alta, cercana y amenazadora que les pedía documentos.

*Y en el súbito relámpago de horror que la ilumina, Frangipani descubre que está harta de ser la más grácil, la más alada de las bailarinas de la tribu, que está harta de que sus pies desnudos reiteren una y otra vez la monótona secuencia de las danzas rituales, milenarias, que dibujan, en el aire perfumado los mitos y leyendas de su pueblo. Y su nombre mismo, Frangipani, el nombre de las flores carnosas que embalsaman el aire de la isla, le parece ridículo, asfixiante. Y Frangipani desea, y su deseo transgrede, se asoma a lo prohibido, Frangipani desea seguir la corriente de los arroyos, recorrer en canoa las costas de su isla, pescar esquivos, azarosos peces con pequeños arpones de hueso, como un hombre, la pequeña Frangipani.*

Con todos los faroles encendidos, el parque parecía entregado, sin embargo, a una sórdida penumbra que contrastaba con el brillo cercano pero inaccesible de la calle Rivadavia. Era inconcebible que el ruido y las luces de los autos llegaran hasta ella con tanta nitidez: la calle estaba lejos, lejísimo, separada por sólidos barrotes invisibles de la celda provisoria, al aire libre, en la que Laura se retorcía de angustia.

—Así que menores los dos, ¿no? —les dijo el policía después de examinar las cédulas—. Menores y franeleros, ¿no? ¿La señorita es su novia? —le preguntó a Jorge, que asintió temblorosamente—. ¿No saben que éste es un lugar público? ¡Ahora me van a tener que acompañar!

Pero no parecía tener apuro el hombre por

hacerse acompañar a ninguna parte. Permanecía
allí, enorme, panzón, ominoso, hablando a los
gritos, humillándolos minuciosamente, ame-
nazándolos con un proceso por escándalo en la
vía pública. Se dirigía solamente a Jorge. Laurita, unos pasos más atrás, sintiéndose imbécil,
miserable y abyecta, se sacudía de tanto en tanto
con reprimidos espasmos de risa convulsiva. Hun-
dida en un terror inexpresable se veía ya sentada en el banco mal pintado de la comisaría, sus
padres entrarían avergonzados y furiosos, a la
salida se encontrarían, sin duda, con los padres
de Jorge, se saludarían cortésmente, se disculpa-
rían, fingiendo, cada pareja, que toda la culpa re-
caía sobre su propio vástago, seguros, en realidad, de que había sido el otro el que los arrastra-
ra a la ignominia.

Y el policía seguía hablando, entusiasmado
con su propio discurso, desplegando ante ellos
todo el poder del que estaba investido por la ley,
haciéndoles sentir el peso de su insignificancia y
de su culpa, describiendo ahora, con interno re-
godeo en los detalles, todas las cosas que una pareja podía hacer en su casa o en un hotel, a las que
llamaba "inmundicias", y que de ninguna manera esa misma pareja estaba autorizada a realizar
en un lugar público.

Laura, muy lejos de sus sueños de heroica
gloria, se sentía agradecida ahora de ser rescata-

ble princesa, de tener al menos un maltrecho caballero sobre el que recayera la responsabilidad del desigual combate. Jorge trataba de defenderse tartamudeando, trataba de protegerse y protegerla de algún modo de esa catarata de insultos y amenazas que sin embargo iba disminuyendo en intensidad, modificándose sutilmente en su calidad y en su tono; el dragón bajaba poco a poco el volumen de su voz, atenuaba la gravedad del delito, parecía súbitamente compadecido.

—Está bien —terminó el hombre—. Por esta vez los dejo que se vayan. Ahora usted, señor, vaya caminando con la señorita derechito por aquí y deje que se le caiga algo.

—¿Algo qué? —preguntó Jorge, feliz pero confundido.

—Algo, ya sabe. Algo que se le va a caer de la billetera.

Laura y Jorge se miraron desesperados: ninguno de los dos tenía un centavo. Fastidiado al comprender que nada positivo podría obtener de esa pareja de chicos asustados, el policía los echó con un gesto, como quien espanta a un animal inofensivo y molesto.

—¡Y que no los vuelva a ver por aquí, pajeros inmundos asquerosos de mierda! —se sintió autorizado a decirles a modo de despedida, ya que nada más que la dignidad había conseguido sacarles.

Laurita llegó a su casa después de las doce de la noche. El día de su cumpleaños había terminado.

*Frangipani suspende la danza, sus pies desnudos, alados, se detienen sobre la tierra como pájaros heridos y las demás bailarinas, sorprendidas, permanecen repentinamente inmóviles, como estatuas doradas, en las poses sugeridas por la brusca interrupción de la danza. Se callan los tambores. Y Frangipani canta y su voz es oscura y desgarrada y la canción habla de una ciudad lejana, una ciudad de altas torres más allá de los mares, una ciudad donde los hombres y las mujeres viajan juntos en veloces cajas de metal pintado, donde las danzas son locamente libres y las mujeres se miran en claros espejos y visten ropas variadas y asombrosas y no hay monótonas playas de arena blanca donde desovan las tortugas, una ciudad dura y hermosa, como de piedra, donde nadie se llama Frangipani y el aire no tiene ese hedor dulzón, pesado y nauseabundo de las flores carnosas. Y la canción es dolorosa y llama a las lágrimas de todos los que la escuchan, porque saben que esa ciudad no existe, o existe demasiado lejos.*

Con el camisón puesto, Laurita entró en el baño y, reiterando una secuencia de gestos que la rutina había vuelto inconscientes, casi automáticos, se quitó la bombacha, enjabonó la zona que había estado en contacto con su sexo y comenzó a fregarla debajo del chorro tibio de la canilla. Por un momento tuvo conciencia del trabajo de sus manos y se preguntó por qué no podía poner la bombacha en el lavarropas, qué peculiar cualidad contaminante tenía esa prenda femenina, cuáles eran las oscuras razones de ese ritual que su madre le había transmitido, y a su madre la madre de su madre.

Y mientras buscaba la protección o el favor de ciertos dioses y trataba de protegerse contra otros, Laurita volvió a observar el movimiento de sus manos retorciendo la bombacha y colgándola en una de las canillas de la ducha y se dijo que noche tras noche, durante todas las noches de su vida iba a repetir, inexorablemente, esos gestos. Y que nunca más, en cambio, volvería a cumplir dieciséis años.

No al azar ha elegido la señora Laura la confitería en la que desea cobrar su recompensa por no haber aumentado de peso en los últimos quince días. En anteriores visitas al consultorio de su médico, ha contemplado a través de los cristales, con disimulada avidez, la cantidad y calidad de las masitas que se sirven en bandejas pequeñas, de acero inoxidable, cubiertas por mantelitos de papel que imitan un tejido al crochet.

El mozo sonríe ante el pedido, que a esa hora resulta un tanto insólito, y cuando lleva las masas intercambia una mirada de divertida complicidad masculina con el marido de la señora Laura, que se encoge de hombros y levanta las cejas como declarándose incapaz de comprender el antojo de su mujer, que está obligado, sin embargo, a satisfacer.

La señora Laura aparta la taza de té y elige una de las masas, que coloca en su plato. Dejando de lado el tenedor, comienza a excavarla con la cucharita de té, comiéndose únicamente la crema pastelera que la decora y, en parte, la rellena. El hombre la mira molesto, reprimiendo su indignación.

—¿No te vas a tomar el té?

—Me parece que no, ¿vos lo querés?

—Sí, pasámelo.

El hombre se concentra en el té, tratando de distraerse para no mirar a su mujer. Ella ha terminado con la crema pastelera y los restos de la masita desventrada permanecen acusadoramente en su plato. Toma ahora el tenedor y lo dirige con decisión hacia un pastelito de hojaldre cubierto por una capa de fondant. En el camino, sin embargo, algo desvía su atención: es una cereza abrillantada que corona una tarteleta de frutas. La ensarta con el tenedor y se la come, sin molestarse en retirar la tarteleta violada de la bandeja. Después pone en su plato la masita de fondant y, con el tenedor, levanta la delgada capa de hojaldre con azúcar que la recubre. Ahora a él le resulta imposible seguir controlando su repugnancia.

—¿Te vas a comer solamente lo de arriba?

—Claro, si es lo más rico.

—Cuando nuestro hijo coma en la mesa, a vos te vamos a mandar a la cocina.

—Bueno, los buenos modales se los vas a enseñar vos y listo.

El recuerdo del hijo que va a nacer calma la irritación del futuro padre y lo devuelve al estado de paciente ternura que, supuestamente, debe conservar durante todo el embarazo y parte del puerperio. No puede evitar, sin embargo, la tentación de tocarla con una broma que va a molestarla: ella lo ha desafiado y se lo merece.

—Si es un varón —le dice, con seriedad— vamos a hacer una fiesta.

—¿Y si es una mujer? —pregunta ella, tocada, ofendida, molesta.

—¡Ah, si es una mujer, hacemos una festichola! —contesta él, y se ríe, dando por terminada la broma.

# II. La festichola

*En que Laurita asiste por primera vez a una verdadera orgía*

Laura tenía diecisiete años y la palabra festichola le parecía de una perversidad exquisita. Festichola, se decía: voy a una festichola. Lo había conocido la noche anterior y habían hablado mucho mientras masticaban tenazmente los antiquísimos churros de La Pérgola, mientras bebían el café quemado y recalentado que a Laura le gustaba cortado con un chorrito de leche cruda y no cocida como la que le habían servido, con esos desagradables trocitos de nata emergiendo a la superficie en cada movimiento circular de la cucharita, que insistía vanamente en deshacer el terrón de azúcar, en deshacerlo, simplemente, porque disolverlo más allá de cierto punto (el punto en el que el azúcar auténtico terminaba y empezaba el hueso molido) era imposible.

"Pleistoceno superior" había dicho Sergio refiriéndose a los churros, y a Laura esa demostración de cultura, matizada con alusiones a Hemingway y a Henry Miller la había fascinado. En latín había contestado ella a su invitación, pronunciando la ve corta como u porque también eso compartían, la pronunciación del latín clásico del siglo I a. C., tal como se enseñaba en el prestigioso colegio secundario al que los dos (feliz descubrimiento) habían concurrido. Y eso es una garantía, se decía Laura, que en esa época se creía incapaz, absolutamente incapaz de enamorarse de un hombre que confundiera el potencial con el subjuntivo en las oraciones condicionales.

Él le había hablado mucho de Saint Nícholas House, así, marcando la che, exhibiendo descaradamente su desconocimiento del inglés que a Laura, por esta vez y considerando su barba rubia y sus conocimientos de antropología, le había parecido un rasgo de simpática audacia. Saint Nícholas, además, con esa precisa pronunciación, encajaba perfectamente bien con festichola, pensó Laura, mientras se ponía el vestido azul violeta que se había traído de Inglaterra (y pensaba mencionar, como al pasar, su viaje, que naturalmente no estaba a la altura de un trabajo de campo en la reservación mapuche de Ruca Choroi, como el que había hecho Sergio pero en fin, Europa todavía tenía sus méritos), mientras vertía sobre su cabeza un chorro de Chanel nº 5 que había tomado de la cómoda donde mamá guardaba sus cosméticos. Chanel, se decía Laura, siempre marcando la che: Chanel, Nícholas, festichola.

Habían coincidido también en el desprecio que Erich Fromm les merecía con su ridículo arte de amar, tan limitado por prejuicios pequeñoburgueses, y en la reivindicación de los ritos orgiásticos que Sergio afirmaba practicar, con los que Laura, en silencio, fingía estar familiarizada, y tanta coincidencia había terminado así, en la organización de una inmediata orgía para la noche siguiente, para hoy, una festichola en la que participaría la hermandad de los lobos, explicó Sergio, en la que estaría presente el Lupus Maior (Abel, uno de los amigos de Sergio que acababa de volver de la reservación mapuche de Ruca Choroi) y faltaría el Lupus Minor, es decir, Mario, otro compañero de la facultad que estaba en ese momento en la reservación mapuche de Ruca Choroi y Laura empezaba a preguntarse si no habría después de todo demasiados estudiantes de antropología para tan pocos indios en este desdichado país. Vendría también Liliana, la novia de Mario (el Lupus ausente) y Norberto, y otras dos chicas, y a Laura le sonó muy rara la palabra novia entre tanto Celine y Cortázar y George Bataille.

Envuelta en un espeso halo de Chanel, Laura tomó la libretita de tapas grises donde tenía anotados párrafos escogidos del *Diálogo entre un Sacerdote y un Moribundo* (ediciones Insurrexit) y otros de *El enano* de Lagerkvist y la puso en la cartera, dispuesta a leérselos a los demás participantes en la primera tregua de la orgía, viniera o no viniera al caso. Dudó un momento con el diafragma en la mano pero finalmente decidió ponérselo, aclarándose a sí misma que no pensaba usarlo a menos que fuese absolutamente necesario. Salir con el diafragma en la mano en lugar de llevarlo en la cartera le parecía el colmo de la depravación, pero se sobrepuso pensando en la barba y en los ojos azules y chiquitos de Sergio que, después de todo, no era un desconocido, sino un compañero del colegio al que, vaya a saber por qué (era apenas dos años mayor que ella) no había conocido antes, a pesar de haber concurrido al mismo turno, pero con el que se podían comentar, por ejemplo, las ligas que usaba para sostenerse los calcetines cierto profesor de matemáticas y no sólo las posiciones eróticas de los antiguos incas grabadas en arqueológicas vasijas. Pensando en las vasijas con más intensidad que en el profesor de matemáticas, Laura se prometió recordar pedirle a Sergio que le explicara qué es un horizonte mítico, una expresión que le ha-

bía escuchado mencionar por lo menos tres veces en una hora.

Saint Nícholas House quedaba precisamente en la calle San Nicolás, a la altura de Rivadavia al 7800, para el lado de Villa del Parque y en
el interminable viaje en colectivo Laura no podía dejar de estudiar los rostros de los demás pa-
sajeros preguntándose si algo en su actitud les
estaba revelando que tenía puesto el diafragma,
que le molestaba un poco porque seguramente
(y cómo estar totalmente segura) se lo había co-
locado mal. El calor había actuado sobre los ras-
gos de los hombres y mujeres que padecían el
colectivo con Laura como el rodillo de una apla-
nadora sobre el asfalto caliente y sólo ella entre
todos, a pesar de ser un sábado por la noche, estaba vestida de fiesta (de festichola, volvió a re-
cordarse Laura), transpirando más que nadie
adentro de su vestido azul violeta de jersey de
seda y mangas largas.

Excepto Rivadavia, las calles que llevaban a
Saint Nícholas House estaban desiertas y oscuras y tuvo un poco de miedo al cruzar las vías
aunque la barrera estaba levantada y era evidente que no venían trenes de ninguno de los dos lados. Saint Nícholas House no la decepcionó: una
casa vieja, arruinada, maltratada, abandonada,
una casa que nunca había sido lujosa pero que
conservaba una oscura dignidad en los mosaicos

decorados del frente, con un jardincito transformado en yuyal adelante y un fondo grande en el que hasta los naranjos habían adquirido un aspecto salvaje.

La casa era del padre de Sergio, que usaba el fondo y los cuartos de atrás como depósito y se la prestaba a Sergio para reunirse a estudiar con sus compañeros. El portoncito de adelante estaba abierto y también la puerta de entrada, que Laura se detuvo a golpear inútilmente, un poco asustada por tanto silencio y abandono, sintiendo en la boca el gusto seco de la decepción al pensar que probablemente, muy probablemente, el resto de los participantes, incluido Sergio, habían desistido sin avisarle, y descubriendo con angustia que no hay en el mundo nada tan triste, tan miserablemente triste, como una orgiasta solitaria.

Pero se veía una luz y Laura, con un valor en el que no se reconocía, se dirigió hacia ella sin descartar la posibilidad de haberse equivocado de dirección y encontrarse con un grupo de vagabundos envueltos en trapos, calentándose (pero el calor era terrible, sin embargo) junto a un fuego, un grupo de hombres hambrientos que sin duda la violarían y no era tan malo, después de todo, haber llevado el diafragma puesto.

La luz, sin embargo, provenía de una lámpara eléctrica, un velador sin pantalla en el cuarto principal, sobre un escritorio chico y desvencijado detrás del cual estaba Sergio, sentado sobre un banquito, todo barba y patillas y ¿desnudo? Laura se preguntó con un movimiento de pánico cuál era la actitud correcta de una joven seria invitada a una orgía que se encuentra al llegar con un hombre desnudo, cómo fingir una descuidada aprobación que excluyera todo escándalo, cómo y por dónde huir, maquinaciones que duraron el segundo justo que tardó Sergio en levantarse para saludarla exhibiendo una púdica malla de baño, antes tapada por el escritorio y que el calor justificaba perfectamente.

Bienvenida al templo de la Sabiduría Verdadera, dijo Sergio, abarcando con un movimiento amplio y teatral el cuarto grande, vacío, con un piso de parquet que no había sido encerado en los últimos veinte años, un diván sucio y roto forrado en tela verde y, además del escritorio y el banquito, un par de sillas con los asientos de paja desventrados. Había también muchas y cultísimas inscripciones en las paredes y cartelitos de papel pegados con cinta scotch y un esqueleto, es decir, los huesos de un esqueleto humano amontonados en un rincón. A continuación Sergio la llevó a conocer el Templo de la Ciencia, que era la cocina, y el Templo de las Artes, es decir, el baño, dos cuartos tan grandes como el principal, de acuerdo con la antigüedad de la casa. El Templo de la Ciencia no funcionaba porque estaba cortado el gas y había en cambio un calentador sobre el que hervía una pava.

En Saint Nícholas House, ya se lo había advertido Sergio la noche anterior, se tomaba mate y ginebra, pero por suerte había también una botella de vodka, la única bebida alcohólica que Laura era capaz de tomar, tal vez por su remoto parecido con el agua. En el Templo de las Artes habían cubierto con una tabla la bañera antigua, apoyada sobre sus cuatro gargoladas patas y poniendo un colchón encima la habían transformado en una cama. En el Templo de la Sabiduría Verdadera, mientras esperaban a los demás invitados, Sergio la convidó con un mate que Laura rechazó, no sin antes aclarar que tampoco le gustaba el té ni el café, excepto cortado con un chorrito de leche cruda, especificando así su antipatía general hacia todas las infusiones, que era necesario no confundir con un desapego hacia lo autóctono.

¿Quién es el tabernero que a los muertos da de beber, y qué bebida es la que escancia? preguntaba un cartelito pegado al costado del escritorio. El tabernero es el Amado, que escancia la Aniquilación, respondía el mismo cartelito. Muchas de las frases de las paredes eran de *La Ciudadela,* de Saint Exupéry y había una cantidad importante de conjuros mágicos tomados de *La Rama Dorada.* En una de las paredes una gran cruz invertida y las palabras God is Dead estaban pintadas con sangre.

Una vez más Laura confirmó la necesidad de vivir sola en un departamento chico pero todo de ella donde poder pintarrajear las paredes a su gusto en lugar de verse obligada a emplear el sistema de los cartelitos y la cinta scotch, como debía hacerlo en su cuarto, en la casa de sus padres, que ni siquiera así se daban por satisfechos, con el argumento de que la cinta scotch dañaba la pintura. Deseó que Sergio pudiera ver esas paredes donde había puesto poemas o fragmentos de poemas de San Juan de la Cruz y de Prévert, frases de Maquiavelo y de Camus, niñitas fotografiadas por Lewis Carrol en páginas arrancadas de la revista Planeta y un póster de Lon Chaney caracterizado como el hombre lobo.

Por un momento, contenta de ser la primera y de tener así la oportunidad de seducir y ser seducida por Sergio antes de que llegaran los demás, dudó perversamente entre la posibilidad de hacer preguntas sobre el esqueleto y la sangre o limitarse a acariciar el cráneo amistosamente, en silencio, y dejar que las historias se atropellaran en la garganta de Sergio. Después, mirándolo, se dio cuenta de que las contaría de todos modos, y prefirió el gesto de simpatía de las preguntas.

Sergio describió entonces una noche de borrachera trágica en la que, después de tomarse entre los dos (Mario y él) una botella de ginebra, la había roto contra el piso y él, Sergio, se había cortado el pie con uno de los vidrios profundamente, seccionándose una arteria. Señaló con orgullo, con la mano, la altura a la que llegaban los chorros de sangre y contó cómo, mojándose el dedo en el líquido rojo claro había pintado la cruz y las palabras en la pared mientras cantaban en latín canciones goliardas, antes de salir a la calle a pedir ayuda para llegar hasta un hospital, donde le habían suturado la herida. Laura miró con atención la cicatriz en el pie derecho de Sergio tratando de impresionarse y sin lograrlo porque la cicatriz era muy pequeña, uno o dos puntos apenas, y era necesario conocer la historia de su profundidad escandalosa para apreciarla en todo su valor.

Sin embargo la ironía no la defendía de la fascinada admiración y siguió escuchando con asombro cómo Sergio, estudiante de antropología, había decidido cambiar de carrera y dedicarse a la medicina una mañana, después de haber soñado con una serpiente azul y cómo, aunque hacía ya dos semanas que había pasado el momento de la inscripción en la facultad, había logrado conmover con su desesperación a la burocracia que manejaba el departamento de alumnos hasta obtener su inscripción fuera de fecha y ésa sí, Dios mío, le parecía a Laura, que conocía a fondo la pétrea virtud de los empleados no docentes, una historia maravillosa e increíble, que explicaba además, aunque despojándolo de misterio, el esqueleto, comprado en un cementerio como lo hubiera hecho un estudiante de medicina cualquiera de los que nunca sueñan con serpientes azules.

Hubiera preferido que fuera de tu abuelo, dijo Laura, sinceramente, y en ese momento entraron juntos Abel, el Lupus Maior y Liliana, la novia de Mario, una chica envidiablemente delgada de grandes ojos. Norberto llegó un rato después, pronto se hizo evidente que no vendría nadie más y Laura se encontró un poco incómoda al darse cuenta de que ella, tal vez ingenuamente, siempre había pensado que en una orgía tenía que haber un número parejo de hombres y mujeres. De todos modos la festichola se reducía por el momento a una conversación que llevaban adelante sobre todo Sergio y el Lupus Maior y en la que Liliana participaba con más facilidad que Laura porque conocía a la gente de la que se estaba hablando y a la gente que hablaba.

El Lupus Maior justificaba ampliamente su denominación, era unos años mayor que los demás, con una barriga acotada por un cinturón bajo, una barriga arrogante que se destacaba entre los cuerpos flacos, desgarbados, casi adolescentes de los otros dos muchachos, y dominaba en forma más acabada el estilo ampuloso de Sergio, su forma de jugar con las palabras y redondearlas para lanzarlas hacia la audiencia infladas como globos de colores.

Liliana no parecía en absoluto impresionada por ese despliegue de frases que a Laura le hacían recordar la cola de un pavo real y al mismo tiempo la atraían, la atraían al punto de hacerla desear que el Lupus Maior se fijara en ella, la aprobara, pero él no parecía interesado en ninguno de los presentes en particular sino en su conjunto, aunque a veces y para corroborar con mímica sus palabras, tomaba una mano de Liliana o le palmeaba un muslo. El Lupus Maior (y también en Sergio había admiración, aunque no en Norberto, que no parecía interesado en la conversación y estaba tirado displicentemente en el suelo como esperando que se terminaran las palabras y comenzaran los sucesos) era antropólogo (recibido), hablaba de sus experiencias como médico brujo en una reservación toba y desde hacía unos días trabajaba en una agencia de publicidad.

La indiferencia de Liliana y la de Norberto parecía partir de raíces tan distintas que no alcanzaba a unirlos, en la de Liliana campeaba ese airecito despectivo, levemente superior, de quien ha escuchado contar el chiste muchas veces en versiones incluso mejores que la actual pero que por cortesía, únicamente por cortesía, está dispuesto a escucharlo una vez más hasta el final y hasta a reírse un poco si fuera estrictamente necesario. La indiferencia de Norberto era más abarcadora quizás, incluía todas las maravillas de Saint Nícholas House y sus clientes habituales; unas pocas palabras le bastaron a Laura para darse cuenta de que Norberto sí era capaz de confundir el subjuntivo con el potencial en las oraciones condicionales y se preguntó cómo y dónde habría conocido a Sergio y qué estaba haciendo allí alguien que hasta parecía dispuesto a comentar, si las circunstancias lo hubieran permitido, y en pleno Templo de la Sabiduría Verdadera, un blasfemo partido de fútbol.

En los últimos minutos el Lupus Maior no había soltado la mano de Liliana y sin dejar de hablar la acariciaba, ya sin razones derivadas de su discurso, que proseguía más allá de su cuerpo y era difícil entender si ella respondía o no a su caricia, era difícil decidir si la cara de Liliana podría expresar algo más que indiferencia o aburrimiento pero en todo caso no lo rechazaba, en todo caso estaban sentados cada vez más juntos en el diván verde y sucio sin que fuera posible determinar cuál de los dos había acortado la distancia, y cuando Sergio propuso el potlach el brazo del Lupus Maior rodeaba ya la cintura de Liliana.

Un potlach es, entre ciertos grupos indígenas de América del Norte, un ritual de intercambio: en Saint Nícholas House un potlach consistía en que, sentados todos los participantes en ronda, bebiera el primero de la derecha un trago de vodka al grito de ¡Potlach! y le pasara la botella al de al lado, que debía gritar ¡Potlach! y beber dos tragos y el siguiente tres y así sucesivamente hasta terminar con la botella o con los participantes.

Laura se prometió beber tantos tragos como le correspondieran sin hacer trampa como hacían Liliana y el Lupus Maior, que apenas se habían mojado los labios cuando se levantaron sin despedirse y entraron, cerrando la puerta detrás de ellos, casi abrazados, al Templo de las Artes, donde había una cama pero también era un baño, el único, recordó Laura, con repentinas, casi irreprimibles ganas de hacer pis.

Ahora quedaban solamente tres, Sergio, Norberto y ella y la botella le llegaba con demasiada frecuencia, la voz de Norberto le parecía muy lejana comentando en tono de protesta indignada la defección del Lupus Maior y de Liliana con el argumento ético de que no estaba bien, no estaba nada bien que se hicieran apartes en una festichola. Basta, tuvo que decir Laura cuando sintió que un solo trago más, tal vez ni siquiera un trago sino el olor del vodka que envolvía desagradablemente su cara al acercarse la botella, hubiera sido suficiente para desencadenar la brusca partida de la bebida que su estómago retenía con dificultad y en contra de su voluntad (la del estómago y la del vodka, en el que descubría ahora una inesperada vocación de libertad), basta, dijo Laura, y los otros dos asintieron aliviados.

Entonces Norberto propuso un juego, un juego muy tonto que solamente la torpeza del alcohol podía volver difícil, interesante, un juego en el que, en todo caso, lo interesante eran las prendas porque el que se equivocara (así figuraba en los reglamentos, y Laura miró a Sergio, que los confirmó con un gesto) debía sacarse una prenda de ropa. Entonces, esto era una orgía, se dijo Laura, este complicado procedimiento que exigía excusas y rituales un poco tristes, un poco penosos como el que se estaba llevando a cabo y en el que Laura participaba sintiéndose cada vez peor pero decidida a no vomitar mientras pudiera permanecer sentada y mientras, sobre todo, Liliana y el Lupus Maior siguieran ocupando el baño.

Mi situación es la más comprometida, decía Sergio, porque no tengo más que la malla, pero no se equivocaba nunca mientras que Norberto

ya se había sacado la remera [t-shirt] y Laura los dos zapatos. Entonces, Laura, que trataba desesperadamente de concentrarse en el juego sin lograrlo, se equivocó otra vez y quiso sacarse el anillo,
pero Norberto dijo que no, que el anillo no valía, el vestido o nada, y Laura pensó en su ropa
interior blanca, tan poco atractiva, tan poco
apropiada para una festichola y dijo no. El vestido no se lo sacaba nada y menos delante de
Norberto que no le gustaba en absoluto y que
protestaba ahora con más energía todavía que
cuando la desaparición de los otros dos, aduciendo siempre razones morales, diciendo que
era injusto, que estaba mal, y, que para qué lo
habían invitado a una festichola entonces y su
voz era ahora quejosa, casi un llanto.

Pero para Laura la festichola había terminado y no pensaba dejarse conmover por más que
la halagara el interés de Norberto en conocer
su cuerpo, ese cuerpo de cuyos atractivos ella
siempre había desconfiado y que le gustaba
sentir convertido en algo deseable por sí mismo, sin intervención de otras, más etéreas,
cualidades.

Con un lloriqueo alcohólico Norberto insistía en que Laura se sacara el vestido, sin tocarla, sin mirarla, sin dirigirse a ella, tratando en
cambio de convencer a Sergio de que se uniera
a sus súplicas [pleas]. Sergio, que había tomado mu-

cho menos de lo que parecía, lo consolaba con palabras de aliento prometiéndole una maravillosa orgía para otro día mientras tranquilizaba con la mirada a Laura, que se aferraba a su vestido con los brazos cruzados sobre el pecho.

Ya no tenía sentido seguir jugando y la actitud de Norberto cambió de golpe, como si repentinamente hubiera comprendido que Laura no-era-lo-que-él-se-imaginaba, con ceremoniosa dignidad se puso la remera, pidió disculpas y café, que no había, aceptó un mate y por primera vez Laura se sintió insultada a pesar de que no había ironía en los gestos de Norberto o justamente por eso, porque no había ironía, porque Norberto la trataba con un respeto absurdo, injustificable, y entonces si se hubiera sacado el vestido qué, acaso no estaba, no creía estar entre gente libre que despreciaba a Fromm, entre orgiastas auténticos y de alto nivel intelectual (excepto, evidentemente, Norberto).

Pero Norberto, por suerte, ya se iba, despidiéndose con un abrazo húmedo de Sergio, con un apretón de manos muy húmedo y un beso en la mejilla muy seco de Laura. Sergio prendió la radio, una vieja Spika con funda de cuero descascarada, se escuchó una música que Laura no estaba en condiciones de identificar, tal vez un rock, tal vez una sinfonía barroca y (al fin solos) la invitó a bailar.

Había llegado el momento terrible de pararse y mientras Saint Nícholas House bailaba locamente a su alrededor, Laura trató de mantenerse en pie sobre el piso encabritado, sacudido por olas enormes que levantaban las paredes hacia un lado y hacia el otro, hubiera querido tirarse al suelo, aferrarse a las tablas, cerrar los ojos pero no, con los ojos cerrados la tormenta empeoraba, aumentaba la altura de las olas. Sergio la sostenía besándole la cara y el cuello mientras se movían al ritmo de quién sabe qué música, hasta que Laura supo que iba a vomitar irremediablemente por suerte justo en el momento en que Liliana y el Lupus Maior salían del baño tomados de la mano.

En el baño Sergio le sostuvo la frente, le acarició el pelo, le aseguró a sus ojos avergonzados que siempre pasaba, que en Saint Nícholas House siempre vomitaba alguien que a veces era él mismo y mojándose los dedos en el chorrito fino de la canilla (no salía más agua que esa pero era imposible hacer que saliera menos, el chorrito era eterno y horadaba el lavabo) se los pasó por la frente, por la mejilla y después, con más ternura que deseo, por los muslos.

Laura comprobó que el alcohol le había quitado sensibilidad, sentía solamente el frío del agua y la presión de los dedos pero apenas un vago, un lejano placer separado de su cuerpo, y por primera vez le dio rabia haber tomado tan-

to, no lo bastante como para decidirla a participar en una orgía y más, mucho más de lo necesario para acostarse con Sergio: un vaso de agua
hubiera sido suficiente y ahora sentiría un delicioso erizamiento de su piel, de toda su piel hecha sexo, en lugar de ese horrible gusto ácido
del vómito en la boca.

Sin embargo y poco a poco iba sintiéndose
mejor, aunque todavía algo asqueada, transpirando frío y con las rodillas flojas cuando volvieron
al Templo de la Sabiduría Verdadera, donde Liliana y el Lupus Maior se preparaban para irse, despidiéndose de ella con indiferencia y de Sergio
con gestos desafiantes y culposos.

A Laura le hubiera gustado poder cepillarse
los dientes y la lengua y el paladar con mucho
dentífrico y como no podía trataba de cubrirse la
boca cuando hablaba, para evitarle a Sergio el
contacto con su aliento terrible, ácido y alcohólico, pero él no la miraba ahora, parecía muy enojado y muy triste, esa desgraciada, decía, ese en-
gendro del abismo, esa perra hija de perra y de un
cerdo sin narices, recitaba, con insultos islámi-
cos, esa histérica, decía, con insultos psicoanalí-
ticos, espera que yo se lo diga a Mario, que yo le
diga que se acostó con Abel aquí, en Saint Nícholas House, mientras él estaba en la reservación,
ah, pero yo no le digo nada, que se arreglen entre
ellos, y Laura recordó, claro, que Liliana, así se la

habían presentado, era la novia de Mario, y no le
pareció bien. Bueno, le dijo a Sergio, y Abel, entonces ¿no se supone que es amigo, gran amigo,
íntimo amigo de Mario? Vos no entendés nada,
m'hijita, el hombre no es culpable en estos casos,
ninguna mujer, en todo caso, aseguró, podría
destruir la hermandad de los lobos, y en el acto
Laura deseó ser esa mujer.

Pero entonces Sergio se dio cuenta de que
Laura apartaba la cara y tomándola entre sus dos
manos la besó hondo en la boca y Laura se olvi-
dó de su mal aliento, también él tenía gusto a
vodka, comprobó con alegría que la anestesia
del alcohol se estaba alejando de su cuerpo, que
respondía con estremecimientos verdes y amarillo brillante a las caricias de Sergio y fueron
hasta el diván y Laura ahora sí quiso sacarse el
vestido y se amaron como los incas dibujados
en las vasijas arqueológicas y como los japone-
ses de ciertos grabados antiguos y como los ára-
bes de las Mil y Una Noches y como un caballero y una bruja medievales y sobre todo, aunque
no les hubiera gustado tener que admitirlo, como un muchacho y una chica argentinos, uni-
versitarios, de clase media, en una casa vieja de
la calle San Nicolás.

Después, abrazados, agotados y contentos,
se miraron, se olfatearon y aprendieron sus
cuerpos y Laura vio que Sergio tenía la piel muy

blanca y llena de lunares de todos los tamaños, incluso un lunar grande y negro debajo del vello rubio del pubis, recordó entonces preguntarle qué era un horizonte mítico y se quedó dormida mientras él se lo explicaba y entraba en el Templo de la Sabiduría Verdadera la primera luz gris de la madrugada con olor a niebla.

A las seis de la mañana salieron a la calle, Sergio la iba a acompañar hasta su casa, a Laura le molestó pensar en el encuentro con el portero barriendo la vereda y se alegró de que sus padres no estuvieran en Buenos Aires, su papá, sobre todo, que siempre se levantaba tan temprano.

Había un árbol con flores y Sergio saltó hasta alcanzar una para ofrecérsela. ¿Vas a quererme? preguntó, como distraído. No sé, no creo, no tiene importancia, contestó Laura: con vos —y en ese con vos postulando muchos fantasmagóricos otros— con vos me gustaría tener una relación libre, sin compromiso, pero con un toquecito tradicional, podríamos ser amantes por ejemplo, dijo Laura, muy a la altura de las circunstancias, pensando qué oportuno había sido el cambio de carrera de Sergio, antropología por medicina, una profesión mucho más adecuada para mantener a una familia.

Como parte de una tradición o un ritual que se ha establecido entre ellos en los últimos meses y que ambos respetan, Laura ha vuelto a sostener una breve, reiterativa discusión con su marido acerca del nombre de su hijo. Desolladas, abiertas, expuestas sus entrañas, la mayor parte de las masitas agonizan ya en el plato. El hombre paga la cuenta, fastidiado por la expresión impasible del mozo al retirar los restos, un tácito reproche a la inconducta de su mujer, con la que se siente, ahora, solidarizado.

Avanzan hacia el auto lentamente, abriéndose paso a través de una sólida masa de calor. Con el paso del tiempo, la débil sombra de un árbol que protegía al automóvil estacionado se ha corrido, y el sol pega con violencia sobre el techo del vehículo. Su dueño abre las puertas de adelante y tira un trapo sobre el asiento del conductor, que ha quedado francamente expuesto a los rayos. Hay un intenso olor a plástico recalentado.

—¿Adónde querés que te lleve? ¿Vas a casa?

—No, voy a la clase de gimnasia, llevame al instituto.

—¿No era que no tenías ganas?

—Cambié de idea.

Ese súbito cambio es verdad sólo en parte. La señora Laura no tiene ni tendrá (y tal vez nunca tuvo) interés alguno en realizar los ejercicios gimnásticos propuestos por las instructoras del instituto Crisálida, ni en la breve sesión de práctica de jadeo largo, jadeo corto, cambio de aire durante el pujo y relajamiento que le siguen. Pero desea, en cambio, encontrarse con sus compañeras, mujeres en distintas etapas del embarazo con las que puede compartir el único tema que desde hace un tiempo la apasiona. Está interesada, en particular, en obtener la dirección de un comercio donde venden prendas de bebé a bajo precio, que una compañera prometió llevarle ese día.

Antes de arrancar, el hombre mira su reloj con alarma. Llegará tarde a la entrevista que un cliente potencial de la empresa le ha concedido esa mañana. La certeza aumenta su mal humor, que se ha iniciado débilmente sobre el final de la consulta médica y crece al mismo ritmo que su dolor de cabeza. Para tranquilizarse, aprieta el acelerador a fondo, con rabia y placer, y conduce a gran velocidad, sorteando a otros vehículos y picando en los semáforos. La importancia de la entrevista que teme perder le sirve como justificación para entregarse al goce de su propia pericia como conductor: a pesar de la rapidez con que se mueve el automóvil, logra evitar las frenadas bruscas que podrían incomodar a su mujer. La señora Laura está un poco asustada: desde el comienzo de su embarazo, cuando su marido le prohibió usar el auto, nunca había manejado tan rápido estando ella a su lado.

—No corras, loco —que nos vamos a matar, está a punto de decirle, pero se corrige, evitando pronunciar el verbo mágico que podría atraer a lo que nombra—. No corras tanto que nos van a llevar en cana.

Pero él asegura, riendo (su mal humor y el dolor de cabeza se han atenuado y el viento que entra por la ventanilla refresca su cara mojada por la transpiración) que de ninguna manera se atrevería un agente de policía a detenerlos. Un hombre que corre en su automóvil llevando a su lado a una mujer a punto de dar a luz está exceptuado de cumplir con las normas de tránsito: ni siquiera es pasible de ser sancionado con una boleta. Más improbable resulta, aun, que sean llevados a prisión.

# III. La barra de Devoto

*En que Laurita sólo desempeña un pequeño papel de reparto.*

La barra de Devoto estaba compuesta por el Flaco Sivi, Eric el Rojo, el Salchichón, Cara de Caballo y Juanjo y no se llamaba a sí misma la Barra de Devoto. Ese era el nombre secreto que le había puesto Laura, la novia del Flaco Sivi. La madre de Juanjo, que se creía pintora y tenía en realidad un maravilloso sentido de la caricatura verbal, había decidido los apodos del Salchichón y Cara de Caballo. Eric el Rojo se llamaba a sí mismo Eric el Rojo, aunque los otros usaran a veces su verdadero nombre, o le dijeran el Colorado. El Flaco Sivi era tan irremediablemente flaco que nadie hacía mucho caso del seudónimo de Octavio Campus con el que firmaba sus cuadros y que a él le parecía prestigioso y sonoro. De Juanjo se sospechaba que había pasado ya los veinte años, aunque nadie supiera exactamente su edad.

En la mismísima cárcel de Villa Devoto los había conocido Laura esa tarde nublada en que había acompañado a los padres del Flaco Sivi a llevarle chocolates y cigarrillos, a verlo. Eran los tiempos del onganiato, antes, mucho antes de la gran masacre, y estar en la cárcel por razones vagamente políticas tenía el sabor de una alegre aventura. Todavía era posible, como Sartre, como Cortázar, ser un intelectual de izquierda y hasta sufrir un breve y prestigioso encarcelamiento en defensa de ideales que, entonces, no parecían confusos y tal vez, entonces, no lo fueran.

El Flaco Sivi, sin embargo, no pertenecía a ninguna agrupación política, y había sido detenido en una manifestación contra el gobierno a la que se había sumado casi por casualidad, solo y entusiasta. Lo habían condenado a treinta días de cárcel y Laura fluctuaba entre la desesperación (treinta días le parecían un lapso infinito, inconcebible) y un tenaz sentimiento de orgullo. Su propio padre había estado preso, con otros estudiantes, durante el primer gobierno peronista, y su novia, la madre de Laura, le había llevado a la cárcel pantuflas y un pollo asado.

En Villa Devoto Laura había tratado inútilmente de hacerse pasar por la prima del Flaco Sivi hasta que informaron que primas no pero novias sí, y Laura entró entonces con los padres de él a esa sala muy grande y vacía, con largos bancos de madera, donde los estaban esperando los muchachos. Nada parecido a las películas (pero, naturalmente, las películas son siempre americanas) donde las visitas se mantenían a cierta distancia de los prisioneros y los paquetes eran cuidadosamente inspeccionados. La sala se llenó de voces y confusión.

El Flaco parecía contento, se hablaba de una amnistía para el 25 de mayo, en el pabellón especial al que estaban destinados había un clima de heroísmo festivo y sólo necesitaba plata para comprar cigarrillos, aunque agradeció el pollo asado y las pantuflas que Laura, respetuosa de la tradición, le había llevado.

Antes de despedirse, el Flaco les habló de sus nuevos amigos y les señaló a algunos de los integrantes de lo que ella llamaría desde entonces la Barra de Devoto. Los presos se mantenían organizados de acuerdo a su filiación política y no era raro que el Flaco se hubiera relacionado con otros paracaidistas como él, que habían llegado descolgados a la manifestación.

A los diez días de la detención se produjo la esperada amnistía y la Barra de Devoto quedó en libertad, tenían el pelo muy corto, sus novias los esperaban a la salida, se sentían animosos y llenos de extraordinarios proyectos que cambiarían la faz de la tierra. Los unía el asco y el desprecio, una náusea bastante sartreana y la idea de que sólo el arte, un arte destructivo y feroz, podía oponerse eficazmente a la sociedad, a sus padres, al universo. Si admitían la acción política, era sólo por razones estéticas. Tomaban vino y ginebra, fumaban mucho, rara vez conseguían marihuana.

El Flaco Sivi se hizo enseguida gran amigo de Juanjo, cuya madre era una de esas tristísimas y desorientadas alumnas de Battle Planas que, habiendo fracasado en su matrimonio y en un par de carreras universitarias, se regodeaba ahora en su fracaso como pintora, emborrachándose con guindado que, además, la hacía engordar muchísimo. Laura se aburría con ganas en la casa de Juanjo, donde el Flaco Sivi fingía escuchar respetuosamente los consejos técnicos y existenciales de la señora Luisa sobre la pintura al óleo sólo para que al terminar, ella le regalara, agradecida, los colores y los pinceles que el Flaco, que nunca tenía un peso, no podía comprar. Harta de pagar los cigarrillos y el hotel, Laura no perdía las esperanzas de que el Flaco decidiera, algún día, buscar trabajo, pero él insistía en el ejemplo de Van Gogh y andaba por el mundo buscando un hermano Theo que creyera en su arte.

En la casa de Juanjo solía reunirse la Barra de

Devoto. Era un departamento viejo, grande y oscuro, lleno de perros a los que jamás sacaban a pasear. El piso estaba cubierto de diarios sucios y el olor a caca y orines de perro se clavaba sin piedad en las narices de los visitantes. Cuando estaba de buen humor, la señora Luisa los recibía alegremente, iba a comprar café y Ocho Hermanos, les permitía quedarse discutiendo durante toda la noche. Los muchachos iban a devolver a sus novias a sus casas y volvían para seguir bebiendo, fumando y hablando hasta quedarse dormidos, tirados en el piso, al lado de los perros.

Pero a veces la madre de Juanjo tenía el guindado triste y entonces los insultaba, lloraba, trataba de echarlos. Juanjo la miraba sonriendo, como si no la escuchara, y se confinaba con los otros en su piecita, donde se amontonaban todos con ganas de irse tan pronto como fuera posible sin ofenderlo.

Como Minnie, la novia de Mickey, como Daisy, la novia del pato Donald, las novias de la barra de Devoto participaban apenas en las iniciativas y proyectos de los muchachos: miraban, aplaudían, se reían, no podían, salvo Huesito, pasar la noche fuera de sus casas ni sumarse a los planes de viajes. Miraban, aplaudían, se reían y ni siquiera tenían la posibilidad, como Minnie, como Daisy, de estar en peligro y ser

salvadas. Ningún Pete el Negro quería secues-
trarlas y aunque algunas veces tenían muchas
ganas de participar más activamente, se sentían
incapaces de idear propuestas colectivas: miraban, aplaudían, se reían.

La novia de Juanjo se llamaba Huesito, estudiaba Letras desde hacía mucho, muchísimo
tiempo, era incluso mayor que Juanjo, poseía la
rara habilidad de traducir al castellano dos idio-
mas tan dispares como el yugoslavo y el ruma-
no y andaba siempre de editorial en editorial
ofreciéndola sin éxito; a veces se quedaba a dormir en la casa de Juanjo.

Cara de Caballo no tenía novia, era un poeta vergonzante, tanto que nunca nadie había
leído ninguna de sus poesías, lo que no impe-
día que todos lo considerasen poeta, un gran
poeta. El Salchichón, que era el menor, tenía
una novia chiquita, de anteojos, y todavía no se
había acostado con ella. Palena se resistía y se
avergonzaba de su resistencia, sabía que todos
sabían y trataba de mostrarse constantemente
abnegada, compensatoria, servía el café, lavaba
las tazas, prendía los cigarrillos. Eric el Rojo tenía una novia flaca y elegante, se la veía poco y
el Colorado suspiraba, extrañándola en voz alta, cada vez que se reunían sin ella.

A medida que los recuerdos y las anécdotas
de la breve estadía en Devoto iban haciéndose

más tenues, adelgazándose a fuerza de ser repetidos y comentados, hasta transformarse en aire, en palabras, en el mismo aliento con que las palabras eran emitidas, iba haciéndose necesario un nuevo elemento de cohesión que sirviera para dar unidad y sentido a la barra de Devoto, a sus periódicas reuniones.

Y así el proyecto del viaje, del Gran Viaje por Sudamérica, empezó a cristalizar, a condensarse en el aire enrarecido de la casa de Juanjo. Los muchachos entraban a los cafés de Corrientes como si estuvieran realizando una incursión en una escondida aldea indígena del Amazonas, bebían el café con el aire cordial y concentrado con que hubieran aceptado la infusión de yagué preparada por el chamán de la tribu, cruzaban la 9 de Julio esquivando pirañas y caimanes y se detenían horas enteras ante ciertas vidrieras, encandilados por la belleza de las motos.

Sus novias, obligadas por su mala conciencia, fingían alentarlos, hacían observaciones prácticas que provocaban en los sueños coágulos de realidad difícilmente superables, cada una tironeaba de su pareja luchando por desprenderla del proyecto colectivo para llevarla hacia sus propios, innominables proyectos privados.

Los muchachos hablaban, hablaban, comparaban los méritos respectivos de distintas marcas de carpas o borceguíes, fantaseaban con la posibilidad de conseguir un jeep y terminaban por perderse en un continente fantástico que sus propias palabras construían, destruían y volvían a rehacer en un ir y venir de cordilleras.

El Flaco Sivi proponía como itinerario el azar, se abandonaba a la magia, el Salchichón traía libros y más libros sobre la historia, la economía y la política de los países que se proponían recorrer, libros que los demás recibían con exclamaciones de admiración, hojeándolos con un apasionado interés que nunca duraba lo suficiente como para leerlos, todos coincidían en que Macchu Pichu era inevitable.

Las reuniones ya no se hacían solamente en la casa de Juanjo, Laura había ofrecido el confortable dúplex de su familia donde, hablando al calor de una auténtica chimenea, tirados sobre la alfombra de piel de vizcacha, tomando el whisky importado de los padres de Laura, el proyecto crecía y se desarrollaba con la exuberancia de una selva tropical en un excelente invernadero, constreñido, sin embargo, por las sólidas paredes de vidrio que lo protegían y lo encerraban.

Laura quería el viaje, lo quería para ella, quería vencer en limpia lucha a una anaconda y casarse con un marido que llevara a sus hijos al parque a cambiar estampillas mientras ella pre-

paraba las milanesas para todos. Laura quería
que el Flaco Sivi fuera ese marido y también
quería que fuera capaz de hacer el Viaje por ella,
no quería que la dejara, sin embargo, y tampoco se atrevía a seguirlo.

El Flaco percibía sus fluctuaciones y estalla-
ba a veces en rebeliones ascéticas que llevaban
a todo el grupo otra vez a casa de Juanjo, donde la mala calefacción y los olores, la falta de comida y el Ocho Hermanos imponían su pureza, prefigurando los renunciamientos a los que
los obligaría el Gran Viaje. Sólo Palena apoya-
ba el Viaje sin retaceos, deseaba que llegase por
fin el momento crítico de la despedida, en el
que la emoción hecha tornado, irresistible fuerza, la llevaría a vencerse, a acostarse de una vez
por todas con el Salchichón o no, pero entonces, al menos, se habría librado del problema,
podría escribir cartas tiernísimas, prometedo-
ras, refugiarse en una casta melancolía o crecer,
conocer otros hombres.

Entretanto, las discusiones que la Barra sostenía en relación con los objetos necesarios para el Viaje se hacían ardientes, enconadas, ame-
nazaban con dividirlos, el Colorado se acuarte-
laba en sus exigencias, insistía en la necesidad
de contar con transporte propio, la disolución
volvía a amenazarlos.

Una noche, en casa de Laura, Cara de Caballo, que recordaba una y otra vez el ejemplo de Rimbaud y suponía que bastaría imitar la segunda, misteriosa parte de su vida para entrar mágicamente en posesión de una obra poética como la que Rimbaud había creado en la primera, amenazó con desertar si las discusiones se prolongaban indefinidamente. Entonces los muchachos decidieron dejar de lado por el momento sus diferencias acerca de los objetos y concentrarse en la obtención del dinero necesario para comprarlos, o para llevar con ellos si decidían partir (como lo proponía el Flaco) sin llevar más que lo que pudieran conseguir prestado o regalado. El conjunto de los fondos que entre todos estaban en condiciones de aportar en ese momento alcanzaba exactamente para comprar dos pizzas de muzzarela con fainá y eso fue exactamente lo que hicieron mientras seguían aportando ideas.

A la hora de la verdad, resultó que los padres de Eric habían transformado la resistencia al viaje de su hijo en una aprobación condescendiente que excluía todo apoyo financiero. Eric desapareció por unos días, avergonzado. Volvieron a encontrarlo, sin embargo, fácilmente: la merma en los avituallamientos lo había circunscripto al Lorraine y a Pippo, donde su novia elegante sorbía de mal humor los tallarines con tuco y pesto, tratando de no mancharse el tapado.

Impulsado por Cara de Caballo comenzó a prosperar un nuevo proyecto: se trataba de filmar una película con cuya proyección se recaudarían los fondos necesarios para el Gran Viaje. La película tenía la ventaja de ser un proyecto conjunto que los templaría en el trabajo en equipo, era el perfecto preludio del viaje. Todos serían directores, todos serían actores y guionistas, no habría entre ellos jerarquías, realizarían un film iconoclasta, poético y genial, una película que atacaría las bases mismas del circuito comercial del cine, al que tan crudamente se habían vendido Bergman o Fellini.

Todos coincidían en su desprecio por el cine argumental, era necesario remitirse a los elementos últimos del lenguaje cinematográfico, poner en evidencia los medios de producción, el montaje lo era todo, debían lograr un encadenamiento de imágenes cuya negra belleza provocara el escándalo y el horror de los espectadores burgueses, ninguno había manejado jamás una cámara de superocho, ninguno había visto una moviola fuera de la vidriera de una óptica.

Las dificultades técnicas no los asustaban, se limitaban a posponerlas. El Salchichón, que tenía una cámara Rollei, los iniciaría en los secretos de la fotografía. El Flaco Sivi se ofrecía para pintar telones y decorados, era necesario abandonar todo realismo en algunas imágenes, que debían ser deliberadamente artificiosas, para hacer resaltar todavía más las otras, las documentales. Había que huir de las clasificaciones, desechar los géneros, romper y confundir los límites.

Ahora sí que Laura estaba entusiasmada, agradecía a la vida la oportunidad de haber podido participar en la constitución misma de ese grupo de jóvenes que lograría conmover la industria del arte cinematográfico. Huesito, sin que nadie se lo hubiera propuesto, aceptaba hacer escenas de desnudos, hasta la señora Luisa se había ofrecido a colaborar, ella había estudiado arte escénico y declamación, podían contar desde ya con su asistencia profesional en la dirección de actores.

A Juanjo lo avergonzaba el entusiasmo de la señora Luisa tanto como a Eric la condescendencia de sus padres, que insistían en sitiarlo por hambre para separarlo de ese grupo al que consideraban vagamente peligroso. Los padres de Laura, en cambio, usaban la táctica contraria, trataban de atraerlos para mantenerlos cerca, bajo control, tenían siempre fiambre en la heladera, dejaban a mano cartones de cigarrillos importados, empleaban la técnica del invernadero, confiaban en las reservas morales de su hija.

Fue en la casa de Laura, entonces, donde comenzó a elaborarse el guión de la película, Laura misma aportó un gran block de hojas cuadriculadas donde debían escribirse las primeras imágenes, en contra de la voluntad del Flaco, que odiaba toda circunscripción, todo límite, creía solamente en la improvisación salvaje.

La desdeñosa negativa a considerar las dificultades materiales les daba una libertad absoluta, se trataba de destruir prejuicios, derrumbar mitos, expresar la libertad, el asco, la alegría. El Salchichón propuso la imagen de una muchedumbre de hombres esqueléticos, en harapos, devorando a dentelladas un automóvil último modelo. Iban a filmar a una mujer desnuda, con las piernas abiertas: de su vagina cubierta de telarañas escaparía una araña gigantesca que debía trepar al lente de la cámara.

Harta de hacer café y cortar la pizza, Laura trató de intervenir. En ese contexto le era fácil orientarse: un hombre, propuso, cagando sobre el césped; después se pasa la película hacia atrás y la mierda vuelve a introducirse en el ano del protagonista. Su proposición fue prácticamente ovacionada: ésa era la manera de oponerse a la corrupción, a la hipocresía, a la falsa moral que los rodeaba, los asfixiaba.

Y un día el block de hojas cuadriculadas se terminó, se arrepintieron entonces de haber

arrancado apresuradamente tantas hojas, hu-
bo miradas acusadoras para Cara de Caballo,
que solía usarlas para garabatear poemas secretos que rompía de inmediato, pero ya era tarde, el guión estaba terminado y nada se inter-
ponía entre la Barra y la realización de la película. Nada, excepto aquella desdeñosa ignorancia de las cuestiones prácticas, que parecía
haber crecido ahora, hinchándose, ocupando
todo el espacio disponible, sin dejar resquicios
para la fantasía.

La realidad odiosa, pesada, volvía por sus fue-
ros. Había innumerables razones por las cuales
la realización había fracasado ya, mucho antes de
haber sido comenzada, tantas que se hacía necesario elegir y eligieron, entonces, aquella de la
que se sentían menos culpables, la eterna ausencia de dinero, y culparon de esa ausencia al asfixiante abrazo de la sociedad que los envolvía una
vez más en sus telarañas, dispuesta a devorarlos.
Pero ellos romperían sus hilos pegajosos, iban
hacia la libertad, harían una representación, un
espectáculo teatral, una sola función a la que
asistirían periodistas, críticos, autores, actores y
directores y también todos sus amigos y conocidos, cobrarían entrada y así lograrían recaudar los
fondos para filmar la película que les permitiría
recaudar los fondos para hacer el Gran Viaje. Lástima que ya nadie se lo creía.

La Barra calculó sus reservas de entusiasmo y comprobó que era necesario abreviar los plazos, precipitar los acontecimientos, Eric propuso hacer la representación en la terraza de su casa, que serviría de platea y escenario, debían prepararse, escribir la obra, hacer ensayos, conseguir el vestuario y la escenografía, cursar las invitaciones, tendrían que tomarse unos diez días. Para no arrepentirse, se apresuraron a invitar a los espectadores de inmediato, esta vez empezaron por el otro lado y emplearon los primeros tres días en limpiar la terraza de la casa de Eric, que sus padres usaban como depósito de cachivaches, conseguir las sillas plegadizas y las bebidas.

Entretanto Palena se peleó con el Salchichón y abandonó el grupo. Laura había contenido hasta ese momento su decepción, no quería ser la primera en gritar que el emperador iba desnudo, que su traje invisible no existía, pero después de la defección de Palena se puso intolerablemente sensata, equilibrada, se compró otro block de hojas lisas y pretendió definir objetivos parciales, fijar metas escalonadas, fue excluida de las reuniones.

No pudieron, sin embargo, librarse de Huesito, ni de la madre de Juanjo (ahora una participante mucho más activa que su hijo) que ofrecía coserles el vestuario. Cada uno aportó una sábana y las cinco fueron entregadas a la señora Luisa. Cuando pidió indicaciones acerca de la forma que debía darles, los actores le indicaron que tratara de borrar de su mente toda formalidad convencional y se mantuviera abierta, receptiva, dejando que su íntima capacidad de creación actuara libremente, sin constreñirla en los moldes de la voluntad.

Ahora Laura y el Flaco se veían menos, él estaba siempre ocupado con los ensayos y contestaba con evasivas cuando Laura le preguntaba hasta dónde había llegado. Prefería dar respuestas abarcadoras, atenerse al marco general de la representación, a su fundamentación teórica, decididamente sería mucho más Artaud que Stanislavsky, la cultura occidental tenía mucho que aprender de los muñecos de Bali, de las figuras paradigmáticas del teatro chino. Sobre todo, no volverían a equivocarse como les había ocurrido con la película, ahora no escribían nada, se limitaban a decir y hacer, iban a desestabilizar para siempre el concepto del teatro tradicional.

Había llegado la primavera y se encontraban al aire libre, en la terraza de la casa del Colorado, cuyos padres le habían dado permiso para todo a cambio de que la limpiaran de escombros y trastos, pusieran brea en las grietas y entraran en la casa lo menos posible. El Flaco vol-

vía de esos encuentros con un fuerte aliento alcohólico, era imprescindible la participación de
los espectadores, se establecería un circuito de
comunicación en que esa participación fuese
natural y necesaria, iban a participar aunque
hubiera que obligarlos a patadas.

Ya tenían lo más importante: habían conseguido el ataúd que constituía toda la escenografía. El Flaco, representando al Cadáver de la
Costumbre, debía salir de ese ataúd de utilería
que era, al parecer, la pieza central alrededor de
la cual se estaba urdiendo la trama. Nada más
era posible averiguar, sin embargo, acerca de
esa trama misteriosa a la que los muchachos
aludían con rebuscadas metáforas, se negaban
a definir en público. Cara de Caballo, que co-
mía, a veces, con el Flaco, en la casa de Laura,
insistía en la importancia del lenguaje poético,
hacía referencia al teatro sacro medieval, a los
retablos y las alegorías, citaba a Miguel Hernán-
dez y a Gonzalo de Berceo.

Laura empezó a arrepentirse de su descon-
fianza, nadie parecía lamentar su ausencia, deseaba un fracaso que justificara su exclusión,
deseaba un éxito tremendo que apuntalara su
descascarada admiración por el Flaco, le permi-
tiera seguir queriéndolo.

· La fecha fijada para la representación no se
modificó y en la semana se decidió el precio de

las entradas. Laura, Huesito y la novia de Eric llegaron dos horas antes del comienzo de la función para ayudar a limpiar la terraza, para preparar las bandejas con vasos donde se serviría el vino y la Coca Cola y, supuestamente, para asistir al ensayo general.

Pero cuando llegaron descubrieron que no habría ningún ensayo general, que ni siquiera se habían hecho ensayos parciales o previos, Laura supo que las reuniones previas habían consistido, como siempre, en discusiones y desacuerdos y había triunfado finalmente, por pura necesidad, la proposición del Flaco: no habían preparado nada, todo debía consistir en una improvisación salvaje en la que cada uno debía actuar lo que surgiera en ese momento de las profundidades de su inconsciente, motivado por las reacciones del público, las actuaciones del resto del elenco y una buena cantidad de vino o de ginebra, confiaban desesperadamente en la participación de los espectadores.

Se lo explicaron a Laura con una clara exposición teórica y profusión de citas, Breton había reemplazado a Artaud o, mejor aun, lo había incorporado, si la escritura automática era posible, por qué no la actuación automática. Habían decidido, sin embargo, una especie de tema central, distinto para cada uno, que les serviría como punto de partida, Juanjo debía invitar a los espectadores a beber y a realizar reiteradamente el acto sexual, el Flaco se reservaba la impactante aparición desde el ataúd. Pero el brillante despliegue de pirotecnia intelectual no lograba disimular el miedo.

Los actores estaban paralizados por el terror escénico y para atenuarlo se habían emborrachado concienzudamente, el Flaco Sivi se había preparado, además, con un par de noches sin dormir y una buena dosis de anfetaminas, saltaba de un lado al otro de la terraza con su sábana practicando lo que él llamaba el Gran Salto de Súperman. El Salchichón, que tenía el vino triste, estaba encogido llorando en un rincón y Eric, mucho más sobrio que los demás, parecía terriblemente preocupado por la integridad de su casa, de los vasos y las botellas.

La señora Luisa, enfrascada en su nueva obra pictórica, un mural que estaba pintando en la pared de la cocina, se había olvidado del vestuario y a último momento, conminada por Juanjo, había cortado un tajo como para pasar la cabeza por el medio de las sábanas, transformándolas en una especie de ponchos que flameaban con el viento de la noche. En medio de la terraza había un ataúd de utilería en el que se metió Cara de Caballo apenas empezaron a llegar los espectadores, quedándose profundamente dormido.

Huesito cobraba las entradas y acomodaba al público, pronto fue evidente que los críticos, periodistas, actores y directores no vendrían, pero en cambio, vinieron, responsablemente, todos los amigos y hasta algún pariente, unas cuarenta personas se fueron amontonando en un sector de la terraza, que por suerte era bastante grande y, aunque se acabaron las sillas plegadizas, los últimos en llegar no tuvieron inconvenientes en sentarse en el suelo. Todos conocían el filantrópico motivo de la función y pagaban sus entradas sintiéndose generosos y llenos de envidia. Entonces, inesperadamente, comenzó la representación. Juanjo se trepó a una silla y desde allí arengó al público:

—¡A coger, que se acaba el mundo!

El Flaco Sivi se abalanzó sobre el ataúd en el que dormía Cara de Caballo y comenzó a patearlo ferozmente.

—¡Salí, hijo de puta! —le gritaba— ¡Que ahí me tocaba estar a mí!

Cara de Caballo se despertó sorprendido y enojado, quiso pegarle al Flaco y le erró por poco. Era imposible acertar trompadas con semejante borrachera encima, los contendientes se abrazaron, tirándose de los pelos, y cayeron al suelo donde siguieron rodando hasta chocar con una enorme damajuana verde en la que la madre del Colorado había puesto unas totoras

que debían servir para decorar la sala. La damajuana se rompió dando lugar a la primera intervención de los espectadores: fue Laura la que
entró en el escenario con una escoba, barriendo los vidrios rotos, mientras Juanjo trataba de
separar a los combatientes y Eric iba a buscar
una palita para juntar los restos. Sorpresivamente los que peleaban se separaron para en-
frentar al público, alegremente apoyados por el
mediador:

—¡Vamos, maricones, qué esperan —gritaba Cara de Caballo—, siempre hablando de que
el público tiene que participar y ahora qué, pe-
lotudos, participen, ésta es la última oportunidad que tienen de participar en sus pelotudas
vidas de mierda, gusanos asquerosos!

—Dejalos —gritaba Juanjo—. Dejalos que se
sigan arrastrando por la mierda, eso es lo que
les gusta, pero nosotros les vamos a hacer ola,
a sacar la cabeza, boluditos, para que la mierda
no les tape las narices. ¡Y a coger, que se acaba
el mundo!

El Flaco no decía nada, se limitaba a lanzar
terribles alaridos con los que acompañaba el
Salto de Súperman, alaridos que pronto fueron
coreados por la pequeña parte del público que
decidió aceptar la gentil invitación a participar
en el espectáculo. La mayoría optó por retirarse, más compasivos que enojados, mientras los

íntimos se quedaban para ofrecer su ayuda a la parte sobria del equipo, Eric y las chicas. Los que trataban de irse, sin embargo, encontraron la puerta de la terraza cerrada con llave y a Juanjo, totalmente desorbitado, cubriéndola con su cuerpo.

—De aquí no sale nadie, aquí es donde vamos a terminar de una vez por todas con la hipocresía burguesa, voy a incendiar la casa, nos vamos a quemar todos, ustedes primero porque la mierda flota —decía, incongruente—. Y yo último y cantando. ¡A coger que se acaba el mundo!

Y tirando la llave a la calle por la baranda de la terraza, Juanjo se puso a cantar una variante del *Claro de Luna* mientras Eric, desesperado, trataba de hacerlo callar invocando el peligro de despertar a los fascistas de los vecinos.

—¡Que se pudran los vecinos —aullaba Cara de Caballo, por primera vez públicamente poético— y que flores gigantes se abran como coágulos negros sobre el pus verde de sus podridas almas!

—¡Que se pudran los vecinos / que se pudran ya/ Que se pudran los vecinos / que se pudran ya! —se puso a cantar el Flaco, con ritmo de pachanga, mientras el público participante se tomaba el vino directamente de las botellas y coreaba un estribillo improvisado.

—¡Vecinos, cochinos, lo vamo a reventar!
—gritaba el coro, enloquecido.

—¡Yo soy intelectual obrero, carajo! Yo soy intelectual obrerooooooooooo —gritaba con todas sus fuerzas hacia la calle un muchacho morocho al que nadie conocía.

Eric se había asomado por la baranda de la terraza y le hacía señas desesperadas a una pareja que pasaba por la vereda de enfrente para que le tiraran la llave. Los de abajo lo miraban boquiabiertos, sin entender. La mayoría silenciosa del público seguía amontonada cerca de la puerta y el Colorado les pidió que se sentaran para proteger las sillas, cuyo buen estado de conservación parecía amenazado. Juanjo había tomado una de ellas y la empuñaba como un domador mientras Cara de Caballo fingía ser un león muy agresivo y muy borracho.

Los espectadores no participantes hacían comentarios en voz baja, gravemente ofendidos por los insultos de los actores. Después de todo, ellos eran tan contestatarios como las primeras figuras, y sólo el hecho fortuito de no haber estado presos en Devoto les había impedido participar en la organización del espectáculo.

Lo peor, pensaba Laurita, siempre atenta a los aspectos morales de la cuestión, lo peor de todo era haber cobrado la entrada. Pero ya Huesito les había entregado el dinero a Juanjo y al Flaco y ni soñar con devolverlo.

De pronto, un grito distinto de los demás, un grito que superaba a todos en tono y en intensidad, un grito de miedo y de pena, los obligó a dejar sus pequeños problemas para ocuparse de algo más importante. Se habían olvidado del Salchichón que, aburrido de sollozar en su rincón sin que nadie se preocupara por consolarlo, se había subido a la baranda de la terraza y amenazaba con tirarse. La casa no era muy alta, pero había hasta la calle una distancia más que suficiente para romperse la cabeza.

El Salchichón estaba parado con los brazos abiertos, trágico, en inestable equilibrio, sobre la baranda de piedra. Actores y espectadores fueron hacia él.

—Bajate, hermano, bajate, loco, bajate por favor que va a venir la cana —le pedía Eric, casi llorando, mucho más preocupado por las consecuencias del suicidio en su estructura familiar que por la salvación del Salchichón.

Laura consultaba nerviosamente con la novia del Colorado y algunos invitados. Había que llamar a Palena, decidieron, y de algún modo la decisión, el haber sido capaces de formular un plan, los tranquilizaba. Lástima que por el momento no se podía salir de la terraza para llegar hasta el teléfono.

—¡Tirate, gordito, que la vida es una mierda! —gritaba el Flaco—. ¡Tirate, que no vale la pena!

—Agárrenlo de los tobillos —propuso el intelectual obrero. Pero nadie se animaba.

—La muerte es blanca, la muerte es pura —recitaba Cara de Caballo, paseándose frente al presunto suicida y haciendo ondular los pliegues de su sábana—. ¡Matate por mí, hermano, matate por todos, sé nuestro Cristo, que revienten nuestros pecados sobre la vereda!

El Salchichón estaba muy pálido, transpiraba y se tambaleaba por momentos. No miraba hacia la calle y tampoco parecía interesado en ver o escuchar lo que sucedía en la terraza: estaba angustiosamente concentrado en mantener el equilibrio. Las lágrimas le corrían por la cara mezclándose con las gotas de sudor.

—A coger, que se acaba el mundo —insistía Juanjo, pero ya sin énfasis.

Laura confiaba en las soluciones científicas y había leído por ahí, en un texto del que sólo recordaba su procedencia irreprochablemente psicoanalítica, que la mejor manera de sacar a alguien de una crisis depresiva era despertar su ira. A riesgo de hacer despegar al Salchichón en un vuelo sin regreso, sin saber con certeza de qué lado de la terraza deseaba que cayera pero convencida de que su indefinición le resultaba intolerable, empezó a insultarlo minuciosamente. Le habló, a los gritos, de todas las ventajas que su desaparición le reportaría al mundo, a sus padres, a su ex novia y, sobre todo, a los presentes, tratando, sin éxito, de hacer enojar al Salchichón que no le contestaba, la miraba con los ojos muy abiertos, seguía llorando sin ruido mientras los demás, horrorizados, pretendían hacerla callar.

En ese momento se oyeron golpes en la puerta de la terraza. Eran los padres de Eric, que habían llegado del cine y querían saber qué estaba pasando. Los mandaron a buscar la llave y en unos minutos la puerta se abrió. Laura se precipitó por las escaleras mientras discutía con la madre de Eric, que insistía en llamar a los bomberos y quizá tuviera razón, Laura se sentía ahora una representante de la moral y las buenas costumbres, del orden y la propiedad, sentía asco de sí misma y muchas ganas de que el Salchichón se tirara de una vez. El padre del Colorado se encerró en el dormitorio y pidió que le avisaran cuando todo hubiera terminado. Por suerte Palena estaba en su casa: saldría inmediatamente para allí.

Pero cuando Laura volvió a la terraza acompañada por la madre de Eric, que tenía una serie de nuevas ideas para hacer bajar al Salchichón, el Flaco se había trepado también a la baranda y se despedía del público.

—Si vos te vas, yo te acompaño, gordito. ¡Adiós muchachos, compañeros de mi vida! —decía el Flaco, y tiraba besitos a los espectadores mientras ensayaba un paso de tango que estuvo a punto de hacerlo caer.

Un murmullo de horror sacudió a los que miraban, que contuvieron el aliento como si la leve presión del aire que expelían sus pulmones hubiera sido suficiente para destruir el precario equilibrio de los protagonistas. El silencio se hizo oscuro, pesado, el carraspeo nervioso de la madre del Colorado sonó como un estampido. Con muecas y reverencias, fingiendo sostener un balancín, el Flaco avanzaba hacia el Salchichón como un payaso equilibrista.

Entonces, aquellos observadores que mantenían su vista fija en el Salchichón, notaron que el suicida había salido de su inmovilidad y se alejaba con imperceptibles pasitos de costado del Flaco Sivi, que encorvaba ahora sus dedos como garras y ululaba amenazadoramente.

—¡Pero qué hacés, animal, no ves que te vas a resbalar! —gritó de golpe el Salchichón, como si se hubiera despertado de un trance.

—Si me resbalo, me agarro de vos. ¡Nos vamos juntos, salchichita! —y el Flaco se le acercaba cada vez más.

—¡Ayúdenme, que este loco me tira! —decía ahora el Salchichón.

Y se sentó en la baranda, dejando que los demás lo agarraran de las piernas para ayudarlo a bajar. El Flaco lo siguió con uno de sus saltos de Súperman. El espectáculo había terminado y, sospechando que ya no habría mucho más que ver, el público empezó a retirarse.

Apenas quince minutos después llegó Palena y aunque entró corriendo, desgreñada y triunfal, llevando pomposamente, como una corona, su condición de novia y salvadora, ya era tarde. El Salchichón había bajado de la terraza y estaba en la cocina tomando una aspirina. La abrazó, sin embargo, vomitó la aspirina y parte del vino sobre su vestido y accedió a irse con ella.

Al día siguiente el Flaco, Juanjo, Eric y Cara de Caballo partían rumbo a Macchu Pichu con el dinero de la recaudación. Llegaron hasta Córdoba y a los cuatro días estaban de vuelta.

El Gran Viaje había terminado.

Y así quedó demostrado que, aunque, a su manera incorruptible y perfecto, el Flaco no era capaz, por el momento, de vencer en limpia lucha a una anaconda, ni siquiera de llegar hasta ella. Y como tampoco (y esto no necesitaba demostración) llegaría a ser jamás el marido capaz de apreciar su vocación por las milanesas y como, sobre todo, ella se sentía mucho más cerca de las milanesas que de las anacondas, Laurita supo que su búsqueda debía continuar.

En la puerta del edificio la señora Laura se despide de su marido, que la besa con ternura en la mejilla y en la boca y prosigue alegremente su peligrosa carrera.

El Instituto Crisálida es un departamento viejo, con ambientes grandes, en el que el baño ha sido remodelado y agrandado para permitir la instalación de tres compartimientos de duchas, cerrados por cortinas de plástico rosa.

La clase anterior todavía no ha terminado. Por una rendija de la puerta principal, de doble hoja, es posible observar el cuarto amplio, con el piso plastificado y una barra que recorre las paredes como una larga serpiente. El salón de ejercicios está en penumbras; hay varias mujeres embarazadas acostadas en el suelo con los ojos cerrados. Usan mallas de gimnasia y están aparentemente dormidas: todas las clases terminan con una sesión de relajamiento completo.

Han llegado ya otras dos compañeras de la señora Laura. Una de ellas se encuentra en el cuarto mes de embarazo y hace apenas una semana que ha comenzado con las clases de gimnasia. La otra ya está en el octavo mes. Las tres se desvisten lentamente, fastidiadas por el calor. Mientras se sacan la ropa, se observan de reojo, comparando los tamaños de sus vientres.

—Ya tenés el ombligo para afuera —comenta la nueva, quebrando el tácito acuerdo de silencio que suele acompañar a las miradas.

La señora Laura se siente aliviada por esa franqueza que le permite exhibirse sin excusas. Con las dos manos se acaricia el vientre y sonríe con orgullo. Se pone de perfil para que las otras dos puedan apreciar mejor sus dilatadas formas.

—¡Claro, con semejante panzota! Dijo el médico que ya me falta muy poquito.

—Uf, yo tengo que aguantarme lo que falta del verano —dice la de los siete meses. Otras dos mujeres llegan jadeando por anticipado: el ascensor está descompuesto, informan, y se han visto obligadas a subir los dos pisos por las escaleras.

La clase anterior termina ya y las alumnas salen apuradas por irse a sus casas. Solamente una opta por ducharse. Las demás se visten rápidamente, poniéndose la ropa sobre los cuerpos apenas húmedos: en los diez minutos de relax, la mayor parte de la transpiración se ha secado.

La conversación se generaliza. Los temas son siempre los mismos y siempre resultan fascinantes: se habla de dolores, molestias y sensaciones, se comentan los síntomas particulares de cada una y los resultados de los análisis, se intercambian direcciones de comercios que venden prendas para embarazadas o artículos para bebés. Laura participa apasionadamente. La proximidad de su parto la sitúa en una posición ventajosa, ya que debe visitar a su obstetra con más frecuencia y sus síntomas se han intensificado. Una de las instructoras se asoma y llama a las alumnas a la clase.

—¡Vamos, chicas! Eh, qué poquitas somos hoy.

—Es por el calor —dice la de siete meses—. Yo casi no vengo.

—Yo tampoco —apoya la señora Laura.

—¿Es tu primer embarazo? —le pregunta la nueva, en el momento de entrar a la clase.

La señora Laura responde negativamente pero ya es hora de comenzar con los ejercicios y no hay tiempo de proseguir la conversación.

# IV. Cirugía menor

*En que Laurita acepta y sufre las consecuencias del pecado.*

—Quiero que me digas un secreto —había dicho Gerardo mientras fumaban incómodos en la cama.

Hacía mucho calor, la cama de Gerardo era angosta y los cuerpos, después del deseo, parecían rechazarse, hundidos nuevamente en sus propias, intransferibles sensaciones. En las zonas donde forzosamente se rozaban los brazos, los vientres, las caderas, el sudor parecía tener vida propia, reptando gota a gota sobre la piel. El olor a humedad de la casa de Gerardo seguía elevándose, sin embargo, por sobre todos los demás, humillándolos, obligándolos a sumarse como simples matices a su corriente resbaladiza, viscosa.

—¿Qué secreto?

—Un secreto absoluto, un secreto que no le hayas dicho nunca a nadie más, un secreto de vida o muerte.

—Anoche me hice pis en la cama —dijo Laura.

Entonces Gerardo se incorporó sin sonreír siquiera, como si no la hubiera escuchado, y la miró fijamente con sus ojos grises que la delgadez de su cara hacía desmesurados, casi saltones. En momentos como ese Laura no podía dejar de pensar en cierta página del libro de biología de Vilée, donde una fotografía sobre papel ilustración, más grueso y satinado que el resto de las hojas, mostraba a una víctima del bocio exoftálmico. Era obvio que él no estaba interesado en descubrir los modestos secretos de Laurita, sino en revelar el suyo: retomando su propia pregunta Gerardo siguió hablando, pronunciando las palabras deliberadamente, con énfasis teatral.

—Yo maté a un hombre —dijo Gerardo.

Y Laura se forzó a alejarse una vez más de su propio cuerpo para escuchar la historia de Gerardo, un largo monólogo que parecía haber sido cuidadosamente elaborado y en el que no se esperaba de ella más que interjecciones de asombro, de asentimiento o de escándalo.

—Ahora ya lo sabés —terminó Gerardo—. Me tenés en tus manos: podrías denunciarme. Soy un asesino. A veces la cara del hombre me vuelve, en sueños.

Pero a Laura no le pareció que Gerardo fuera un asesino. A través de su relato y aun a pesar de su relato, era fácil descubrir que todo había sido un desdichado accidente en el que, además, habían intervenido varias personas, y que sólo la vanidad de Gerardo le permitía atribuirse como una culpa, aunque admitió la posibilidad de la cara del hombre muerto, deformada por el dolor, volviendo una y otra vez a los sueños de Gerardo, repitiéndose, ácida, como un trozo de carne mal digerida.

De todos modos Laura no creía que matar a un hombre fuera un acto mágico o admirable y, sobre todo, estaba segura de que no era un secreto. Podía imaginar a Gerardo contando y volviendo a contar su historia, contrayendo de odio los músculos de su cara para distenderlos una vez más en una trágica mueca de remordimiento, como un actor que ha encontrado ya los gestos precisos que le permitirán volver a ser y hacer su personaje cada noche.

Sin embargo, había auténtica intensidad en el relato de Gerardo, siempre incapaz de desdoblarse, de relegar una parte de sí mismo a la función de espectador irónico de sus propios actos. Y Laura envidió esa feroz intensidad que lo alejaba del humor y también lo quiso más por eso.

Con el amor, al lado del amor, volvió el deseo, pero no a causa del amor, sino empujado por la envidia, como si el acto sexual fuese la única manera de incorporar lo mejor del otro, lo envidiable. Antropofagia ritual: comer el corazón del más valiente de sus enemigos. Laura se inclinó sobre Gerardo y pasó la lengua, hambrienta, sobre las gotas de sudor que brillaban en su cuello.

Pero matar, matar deliberadamente, era otra cosa.

Gerardo era afilado y severo como un poeta maldito, no aceptaba, se negaba a deslizarse plácidamente por el camino de todos. Me voy a pegar un tiro en las bolas, decía a veces, y lo decía en serio, con una sombra de odio tapándole los ojos, cuando su aguda humanidad se estrellaba contra las convenciones, los muros cotidianos.

Pero cuando Laura le contó que estaba embarazada, Gerardo no dijo —y esta vez Laura, rencorosamente, lo esperaba— me voy a pegar un tiro en las bolas. Dijo no puede ser. Y también (iban en un colectivo, sentados los dos muy juntos en un asiento para uno) le acarició la cabeza con intolerable dulzura.

Tenía las manos grandes, con largos dedos en forma de espátula, que Laura no intentaba besar. No hagas eso, había dicho Gerardo un día: solamente al maestro se le besan las manos. Y había sido inútil tratar de hacerle explicar el sentido de esa frase, a la que se atenía tozudamente, ni siquiera era claro para Laura si la palabra maestro debía escribirse, pensarse con mayúscula.

Solamente al maestro, al Maestro, se repetía Laura esa noche, rítmicamente, siguiendo el arbitrario compás del colectivo, mientras buscaba las palabras justas, metafóricas, para tratar de explicarle a Gerardo que ella no quería tener un hijo. Era necesario transformar los argumentos prácticos, que él no aceptaría jamás, en frases vagas, complejas, de estructura poética, cargadas de trascendencia, que aludieran al destino general del Hombre.

Laura se sentía desconcertada: no había esperado que él estuviera dispuesto a dejar crecer en su vientre eso que ella no deseaba llamar hijo. Sin embargo, Gerardo no le contestaba, se dejaba convencer demasiado fácilmente, asentía en silencio, no proponía opciones y mientras hablaba, Laura empezaba a odiarlo: entonces todo era una pose, una trampa, se trataba de tirar la pelota afuera, dejarle a ella la responsabilidad de la decisión.

Y de pronto Laura entendió que tampoco a ella le servían la sensatez, los argumentos prácticos: la falta de dinero, la edad, el hecho de vivir con sus padres. No es el mejor momento, se decía Laura, porque no quería decirse no es el mejor padre.

Es una casa como las demás de la cuadra, una buena casa de los años treinta. Tiene dos entradas y dos caras gargoladas de piedra sobre cada una, pero hay que levantar la vista para descubrirlas, hay que estar muy atenta a todos los detalles, las molduras, el lustre de la puerta de madera, hay que imaginar los vitrales interiores de la ventana que da al patio para no mirar a las otras mujeres que están en la calle, debajo de la lluvia finita.

Son muchas, hay unos pocos hombres, es difícil contarlos con precisión mientras se desvía cuidadosamente la mirada, es preferible mirar las caras y no los vientres, es imposible no mirar los vientres de las otras mujeres que ahora van entrando en la casa urgidas por una enfermera que se asoma apenas y las llama con gestos enérgicos, vamos, vamos, que no se puede estar en la calle.

Y aunque Gerardo entra con ella, a partir de ese momento Laura estará sola. Adentro hay más mujeres y todos se amontonan en una salita central donde hay tres sillas viejas, de color gris plástico y armazón de metal y una biblioteca polvorienta cuyos adornos parecen aludir sutilmente al artesanal oficio de su dueño. Una grotesca familia de elefantes de porcelana, un grupo de muñecas rusas que se introducen una dentro de otra, un bajorrelieve del Corazón de Jesús, de bronce (ese hombre de largos cabellos con el pecho abierto y el corazón afuera, rodeado de varillas finas que fingen ser rayos) y, en un portarretratos, una foto de tres bebitas idénticas, trillizas, en la playa, con sombreritos de piquet abotonados y mallas fruncidas; es evidente que odian estar allí, de frente al sol, cerrando los ojos para protegerlos del resplandor, van a llorar de un momento a otro, es necesario que el clic del fotógrafo se apresure, que todo termine rápidamente.

Laura y Gerardo entran al consultorio sin atreverse a tomarse de la mano. El médico es un hombre grande y gordo, vestido con un uniforme blanco, muy limpio. Parece el próspero dueño de una rotisería, es posible imaginarlo controlando la actividad de sus empleados, las fetas de jamón cocido que caen una a una sobre el papel encerado, abriendo el horno donde los pollos dan vuelta lentamente para adobarlos una vez más con sabias pinceladas.

Laura no puede sacar la vista de las manos del doctor, esas manos pequeñas y gordas que van a trabajar en su cuerpo. El hombre ha quedado reducido a la imagen en primer plano de sus manos moviéndose con eficiencia, recibiendo el dinero, entregándole a Laura el numerito que arranca de un talonario verde. Es el número once pero no se preocupen, la voy a llamar antes, les asegura el médico, simpatiza.

En efecto, apenas media hora de espera ha transcurrido cuando llaman a Laura por su nombre, a pesar del papelito que dice once la llaman en quinto lugar, el médico ha cumplido con lo que prometió, será de las primeras.

Y sin embargo, después de beber el negro y perfumado vino de su crátera, el favor que el Cíclope, en nombre de la hospitalidad, concede a Ulises, es el de comérselo último, después que a todos sus compañeros. Pero Laura rechaza la comparación, ella no planea clavar una estaca aguzada y ardiente en el ojo del doctor, se siente, incluso, parcialmente agradecida y además el doctor no es un cíclope, siempre le quedaría el otro ojo.

Entra, guiada por la enfermera, en otro cuarto, seguramente uno de los dormitorios en el plan original de la casa, separado por un pasillo del consultorio, que da al frente. A un costado hay un biombo: allí la hacen desvestirse y, como no ha traído enagua, colocarse una bata azul, remendada y limpia, con mucho almidón.

Hay dos camitas gemelas. En una de ellas está sentada una mujer de pelo largo y cara inexpresiva. Está descalza y usa enagua, pero ya tiene puesta la pollera. En la cama de al lado otra mujer, semidormida todavía, se queja y se retuerce moviendo las piernas. Tiene puesta una bata corta que deja ver, a causa de sus movimientos, sus muslos ensangrentados en la entrepierna y el apósito que al abrir las piernas ha hecho deslizarse de su lugar y que la enfermera vuelve a colocar, terminando de despertarla con golpecitos enérgicos y cariñosos propinados con el revés de la mano en las mejillas. La mujer abre los ojos, cierra las piernas, se calla.

Ahora le toca el turno a una chica muy joven (parece, incluso, más joven que Laura) que ya tiene puesta su bata azul. El médico sale del consultorio, se acerca a la muchachita y tomándola de la mano la lleva hasta el rincón más alejado de la puerta. Ahora, prepararse para la carrerita, le dice, uno, dos, tres y hop, a correr, y trotan los dos, de la mano, entrando en el consultorio. El ayudante entra también y cierra la puerta.

Laura no alcanza a comprender el sentido de esta pequeña humillación adicional.

—Será por las histéricas —le dice la mujer de pelo largo, que ya está poniéndose el pullover, los zapatos, buscando la cartera—, las que a último momento se arrepienten y empiezan a gritar.

Pero ninguna de las mujeres que están allí parece próxima a un ataque de histeria y mucho menos arrepentida. La que ya no se queja se ha sentado en la cama y comienza a ponerse la bombacha, las medias, que la enfermera le alcanza. Todos los movimientos están sincronizados, han logrado organizar una eficiente línea de montaje que les permite solucionar unos quince casos en una mañana. Laura trata de calcular cuánto ganaría el médico manejando la cucharita no más de tres veces por semana, pero se pierde, se confunde con los números.

Dentro de diez o quince minutos la de pelo largo se irá, otra mujer estará quitándose la ropa detrás del biombo, la que ya no se queja pasará a sentarse en la cama, el enfermero traerá cargada a la muchachita y será el turno de Laura, que decide emplear ese tiempo en elaborar una frase digna y bien construida, una frase que debe ser pronunciada en un tono de voz calmo y levemente irónico para que el médico la deje entrar al consultorio caminando normalmente, evitando el uno dos tres hop carrerita, ya que es lo único que se puede evitar.

Pero cuando el doctor llega para tomarla de la mano, Laura tiene la boca seca y las palabras ingeniosas no vienen. Todo sucede demasiado rápido, no hay tiempo de resistirse, uno dos tres hop, carrerita, y ya estaría Laura acostada en la camilla alta, con las piernas levantadas y apoyadas sobre dos canaletas de metal si no se hubiera desprendido, con un movimiento brusco nacido de su vientre, de la mano del doctor, que la mira sorprendido.

Laura, que había tomado su decisión con desafiante orgullo (había dado, incluso, su propio nombre, en lugar de inventar un seudónimo precedido por la palabra "señora"), se siente ahora profundamente avergonzada: las palabras de la mujer de pelo largo le suenan como un vaticinio, ella misma es una de las histéricas, de las que a último momento se arrepienten aunque, naturalmente, no se pone a gritar. En voz baja, con torpeza, trata de explicarle al médico, que la interrumpe, cortante, haciéndose cargo de la situación.

Por lo visto, no es la primera vez que sucede algo así y también esta circunstancia ha sido eficientemente prevista. El ayudante va a buscar a la enfermera, que llega con la ropa. Laura se viste en el consultorio, muy rápido, se le devuelve el dinero, el médico se muestra un tanto impaciente pero correcto y hasta le desea, amablemente, que tenga suerte. La hacen salir por otra puerta donde Gerardo la recibe, pálido y asustado.

Laura sabe que puede contar con sus padres, que la ayudarán sin alegría. Gerardo a veces parece desesperado y otras veces feliz. Desesperado, desaparece durante días enteros. Feliz, apoya la cabeza sobre su vientre y se deja acariciar por Laura, que no sabe si lo quiere. Laura permite que Gerardo y sus padres, odiándose moderadamente y por momentos cómplices, decidan la fecha de casamiento (no habrá fiesta, apenas una reunión para los íntimos), el alquiler del departamento, los muchos detalles. Ella se sumerge, soñolienta, en las sensaciones de su cuerpo. En los primeros meses no tiene náuseas pero duerme mucho.

Laura teme un aborto espontáneo, el justo castigo por haber querido desprenderse de lo que ahora desea tanto. No corre, se sienta con delicadeza, evita las escaleras. Durante los tres primeros meses camina con el torso inclinado hacia atrás, como todas las embarazadas recientes y primerizas. Desde el cuarto mes ya no hace falta la simulación, comienza a quedarle bien la ropa de embarazada.

Empieza a sentir ahora los movimientos del bebé, que le hacen pensar en una ranita dando pequeños saltos o en un pez encerrado en una pecera demasiado chica que en sus idas y venidas golpeara suavemente contra las paredes de su encierro. Obliga a Gerardo a permanecer largos minutos con una mano apoyada sobre su vientre y aunque él afirma sentir los golpecitos, ella está segura de que miente. Confía en su obstetra, un médico joven pero con el pelo blanco que tiene un curioso repertorio de bromas para hacer reír embarazadas.

No siente impaciencia, disfruta de su cuerpo, duerme largas siestas, por la noche tiene insomnio. Hacia el final empiezan a dolerle las articulaciones de las piernas, especialmente las rodillas. Laura ha aumentado de peso más de lo que corresponde y el médico la amonesta suavemente, le indica un régimen sin sal. Ahora los movimientos del bebé parecen provocar grandes oleadas dentro de su vientre, un flujo y reflujo de líquido que puede notarse a simple vista, pero a

Laura no le basta, le gusta apoyar sus manos para sentirlo también desde afuera.

La impaciencia llega al final. La última semana es casi intolerable, los minutos se arrastran. Un sábado, comiendo con Gerardo en casa de sus padres, siente la primera punzada de dolor, un pequeño terremoto que la sacude y pasa rápidamente. Teme y espera (desea) el siguiente. Los dolores siguen en forma irregular todo el fin de semana y el domingo por la noche se suceden cada seis minutos. El médico receta un antiespasmódico y pide que lo vuelvan a llamar si no hace efecto.

A la una de la mañana Laura se interna con Gerardo en el sanatorio, un edificio antiguo que a esa hora de la noche tiene un aire desolado y lúgubre. Le aplican una inyección que sirve para eliminar las contracciones inefectivas. El proceso no se detiene. Los dolores son terribles, el jadeo no sirve para controlarlos, gritar la alivia. Entre contracción y contracción Laura trata inútilmente de relajarse, se acurruca crispada sobre la cama, vomita. El dolor, como una nube, borronea su percepción, todo es dolor, ya no puede recordar por qué y para qué está allí. A las siete de la mañana el médico viene a buscarla, la tranquiliza y se despide de ella, la verá otra vez en la sala de partos. Un enfermero la ayuda a subir a la camilla, el dolor se hace más agudo cada vez, nunca la deja, ya no parece haber pausas entre las contracciones.

En la sala de partos la está esperando un médico, su cara le resulta familiar, no es su obstetra. El dolor atenúa la sorpresa y ya está Laura acostada en la camilla alta, con las piernas levantadas y apoyadas sobre dos canaletas de metal. Es difícil entender por qué la atan así, las piernas y los brazos a los costados de la camilla, como para impedirle toda posibilidad de expresarse, no de defensa porque es imposible defenderse en esa posición, una gran tortuga de mar a la que han dado vueltas sobre su caparazón para dejar expuestas sus partes más tiernas, más sabrosas. Una cucaracha boca arriba.

Las ligaduras de goma se hunden apenas en la piel de sus muñecas y Laura confía en la anestesia. Sólo cuando le ponen sobre la boca y la nariz la máscara de gas y empieza a respirar ese olor amarillento que parece ascender directamente de su nariz a su cerebro, descubre que no se dormirá, que el gas solamente va a atontarla, a trabar sus movimientos como una ligadura más, separando su cuerpo, donde crecerá el dolor, de su voluntad. Su propio yo se acurruca en un rincón de su cabeza adonde llegan nítidamente las sensaciones a las que ya no le es posible responder.

Como los golpes de un martillo sobre un escoplo introducido en su carne, esculpiéndola, labrándola por dentro, el dolor abriéndose paso a través de la niebla amarillo-verdosa que la inunda mientras Laura trata de respirar hondo, más hondo, para disolverse en el gas que entra por su boca y su nariz y sin lograrlo, oyendo a pesar de todo las voces lejanas hasta que su mano derecha consigue desatarse de las ligaduras que la mantenían prisionera y alzarse en un pedido mudo, sin tratar de interferir con el castigo, de interrumpirlo. Apenas puede comparar los golpes del martillo introduciendo más y más profundamente el escoplo con ese otro dolor imaginado que debería producir el instrumento que ella nunca vio ni verá pero que está trabajando allí, muy adentro, reiterando esos golpes que ya suenan casi en sus oídos, llevados por la sangre.

Alguien la transporta en brazos y la deposita suavemente en una de las camitas de la habitación contigua, donde la enfermera termina de despertarla con golpecitos enérgicos y cariñosos propinados con el revés de la mano en las mejillas. Sólo entonces se da cuenta de que ha estado quejándose en voz alta, algunas mujeres la miran con curiosidad y otras evitan mirarla.

Ahora Laura sigue obedientemente las etapas previstas, acostada, sentada en la cama, sentada en la silla, yéndose por fin mientras la enfermera pone en su mano un papelito mimeografiado

en el que se indica hacer unas horas de reposo, tomar terramicina, seguir cierta dieta.

Gerardo la está esperando para acompañarla a
la casa de una amiga, donde pasará el resto del día,
en el taxi le acaricia mecánicamente una mano,
empiezan a sospechar que no se quieren.

El cuerpo pequeño y delgado de la instructora contrasta casi deliberadamente con los de sus alumnas. Realizando con facilidad los movimientos que propone, las invita a aletear como mariposas, arquear en cuatro patas , como gatos, la columna vertebral, flexionar las rodillas hasta imitar la postura de las ranas, estirarse como árboles de crecimiento inusitadamente veloz. Las cuatro mujeres la imitan torpemente, aleteando como mariposas embarazadas, arqueándose como gatas embarazadas, flexionando las rodillas como ranas embarazadas, estirándose como palos borrachos.

La señora Laura siente en su estómago el peso oprimente de las masitas y su respiración se hace dificultosa. Está arrepentida ahora, no de haber devorado esos deliciosos bocados de azúcar, crema y dulce de leche, sino de haber decidido a último momento asistir a esa maldita clase de gimnasia. Interrumpe los movimientos y se tiende boca arriba en el suelo.

—¿Qué te pasa? —pregunta la instructora.

—Tengo un calambre. En los abdominales.

—¿No será una contracción, no? —pregunta la instructora, colocándole una mano en el vientre para comprobar sus sospechas.— No, no es. Bueno, quedate un ratito así y después seguís, total enseguida empezamos con el jadeo.

Pero Laura no desea jadear. Sospecha que ese aprendizaje será inútil. Su obstetra, además, no está de acuerdo con la utilidad del jadeo rápido. En una de las charlas a las que asiste obedientemente con su marido y que el médico cobra al mismo precio de una consulta, les ha explicado que el jadeo corto y muy rápido puede producir un efecto contrario al deseado, es decir, un menor ingreso de oxígeno en la sangre, con las consiguientes molestias para el feto.

—Quiero irme a casa —dice, disponiéndose a la breve lucha de voluntades que necesariamente seguirá a su afirmación. Sabe que la instructora se opondrá a su partida, ya que su defección es mala para la moral del grupo.

A pesar de su juventud, la profesora de gimnasia enseña desde hace muchos años y sabe que sus alumnas están allí por las más disparatadas razones, que odian hacer gimnasia y que utilizan cualquier excusa para huir de la clase. Pero hoy el calor extremado le resulta molesto incluso a ella.

—Bueno, andá date una ducha que te va a hacer sentir mejor —le dice—. Pero antes de irte, si podés, pasá por secretaría, que Mirta te quiere decir algo.

La señora Laura no se ducha. Se viste rápidamente y pasa por secretaría, un escritorio al lado de la escalera donde Mirta, la secretaria del Instituto Crisálida, trata de persuadirla para que se inscriba en el curso completo de parto sin temor. El curso incluye, además de las clases de gimnasia, una serie de reuniones grupales para las embarazadas y sus maridos con proyección de películas documentales, charlas con un obstetra, un pediatra, una psicóloga, y hasta un zafarrancho de parto. Laura no está interesada en participar en ese pequeño negocio que se ha montado alrededor de su vientre pero, para evitar que la discusión con Mirta se prolongue, promete pensarlo y acepta el folleto explicativo donde se detalla la lista de actividades del instituto Crisálida y aparece la lista de profesionales relacionados con la institución.

Hojeando el folleto, un nombre le llama la atención.

—¿El doctor Kalnicky en pediatría? —pregunta—. ¿No era un cardiólogo, ese?

—Ah, no —le contesta la secretaria—. Vos decís Kalnicky Kamiansky, también lo conozco: es
el primo de este Kalnicky.

# V. Un buen muchacho de buena familia

*En que Laurita conoce a un joven médico recibido, de muy buena posición.*

A Laura le duele la cabeza mientras permanece todavía un instante allí, detenida pero yéndose ya, con la mano en la manija de la puerta, tratando de explicarse la fuerza de ese viento asombroso que la ha llevado tan alto, hasta el piso diecisiete del edificio Santos Dumont, Avenida Gorlero, Punta del Este, a ese departamento vacío, al lado de Kalnicky Kamiansky que, en calzoncillos y sentado en el piso, solloza con angustia invocando a su abuelito León mientras la radio canta fuerte *Hey Jude* con la voz de los Beatles.

Su culpa es tan evidente que no tiene sentido tratar de establecerla o desecharla, no busca la absolución, Laura, sino apenas una reducción de la sentencia; menos todavía, apenas pretende, por ahora, reconstruir los hechos, darse cuenta dónde su culpa ha comenzado, si en el momento de

aceptar la invitación a subir y luego a entrar en ese
departamento o mucho antes, cuando su propia
abuela le ofreció presentarle a un buen muchacho, de buena familia, y ella dijo que sí, que encantada, cómo no, apresuradamente dispuesta a
demostrar que nada tenía en contra de las buenas
familias judías que estaban en condiciones de
ofrecer a sus codiciados vástagos varones en el
mercado.

Lo cierto es que Laura se aburría en el verano
excesivamente caluroso de Punta del Este, donde había (su madre lo había recordado una vez
más antes de salir, mientras cargaban el auto de
latas de conserva y hormas de queso porque en
el Uruguay todo estaba carísimo) tan buen ambiente.

Unos días antes, descalificando sin comentarios la ropa vieja, cómoda y desprolija que Laura
acostumbraba usar, su madre la había llevado a
las mejores boutiques de Callao, de Quintana y
de la Avenida Alvear, donde le había comprado
tres conjuntos de pantalones muy anchos y cha-
queta de manga corta, un abrigo liviano de verano, varias blusas y camisas y hasta un vestido largo, dorado, que consideraba imprescindible para
presentarse, por ejemplo, en el casino de San Rafael. Laura se había sentido humillada, había pro-
testado, había discutido con su madre y con las
inocentes vendedoras y ahora estaba muy con-

tenta con su ropa nueva, que su madre había insistido en poner ella misma en la valija, doblan-
do prolijamente las prendas para evitar las arru-
gas, como un cazador experimentado que revisa,
engrasa y dispone con cuidado las armas que su
hijo deberá aprender a usar en la próxima partida: Punta del Este, privilegiado coto de caza.

El ambiente, sin duda, era buenísimo, y en
modo alguno se hubiera opuesto Laura a salir con
alguno de esos jóvenes de cuerpos brillantes y
tostados que veía y miraba (pero jamás de frente) en la playa, esos muchachos que por las noches salían en los autos de sus padres y corrían
velozmente por la avenida del mar hacia destinos
desconocidos, acompañados por muchachas ru-
bias y delgadas.

Pero Laura no tenía amigos en Punta del Este;
no conocía, porque nunca antes había estado allí,
los rituales de acercamiento de la zona, iba y venía inútilmente todas las tardecitas por la avenida Gorlero empavesada con sus mejores atavíos,
y, a pesar de que, a una semana apenas de haber
llegado estaba ya dispuesta a pasar por alto la falta de conocimiento sobre las religiones hindúes,
la falta de sensibilidad en relación con la situación política y social de América latina, el total
desconocimiento de la obra de Borges y aun la
confusión del potencial por el subjuntivo en las
proposiciones condicionales, todavía ningún ca-

ballero la había invitado a recorrer, montada en sus caballos de fuerza, la rauda avenida del mar.

De dónde sos, le había gritado desde un auto un hombre joven, de pelo bien cortado, a los diez días de lentas noches dedicadas a jugar al rummy golpeado con su abuelita, que tampoco tenía amigos y se aburría casi tanto como ella extrañando la promiscua aglomeración de la Bristol donde todos o casi todos hablaban idish y se tomaba mate con facturas.

Japonesa, había gritado en respuesta Laurita, de mal humor, pero la pregunta, lo sabría después, había tenido sentido, porque Miguel era uruguayo, estaba formalmente ennoviado y en tres meses más se casaría para siempre. Lo preocupaba, entonces, la nacionalidad de sus acompañantes ocasionales, evitaba cuidadosamente a las uruguayas, en especial si eran de Montevideo, trataba de no mostrarse con Laura en lugares que sabía frecuentados por sus connacionales. Y aunque a ella le había gustado su forma de abrir el juego, mostrando las cartas, no había podido evitar vengarse un poco, negándose a deshacerse la toca a la tarde siguiente cuando él había venido a buscarla para invitarla a tomar un té con tortas en una hostería del camino a San Rafael.

Dos enormes ruleros con sus respectivos ganchitos coronaban la cabeza de Laura, decorada con siete pincitas más que asomaban sus cabecitas curiosas debajo del pañuelo verde que tapaba la obra maestra; un olor espeso, gomoso, a Pantén, completaba el equipo que una novia, una verdadera novia a tres meses de su boda, jamás se hubiese permitido.

En el camino a la hostería, Miguel había detenido su auto, un Fiat chiquito, italiano, y había intentado la difícil maniobra de abrazarla mientras la acariciaba con una mano y con la otra trataba de accionar el mecanismo que debía echar hacia atrás el asiento de Laura, convirtiéndolo en una casi cama. Era evidente, por la buena coordinación de sus movimientos, que Miguel había ensayado muchas veces la complicada operación, y Laura se preguntó si había habido o no una mujer en su lugar durante los ensayos, porque Miguel parecía mucho más interesado en completar la maniobra con la mano izquierda, tal como lo tenía planeado, que en obtener su colaboración con la derecha.

Pero la palanca que servía para bajar el asiento estaba atascada y Miguel volvió a su propio sitio para considerar la situación, con las dos manos ahora sobre el volante, tan desolado y furioso, tan ausente de Laura que parecía haberla olvidado por completo. La maldita palanca, repetía Miguel, con un acompañamiento de duros epítetos contra los automóviles en general, contra los fabricados en Turín por la empresa Fiat en parti-

cular y contra todos los habitantes de la penínsu-
la itálica y su territorio, sin detenerse siquiera a
considerar la posibilidad de que Laura estuviese
dispuesta a seguir adelante a pesar de las fallas
mecánicas. Un momento después la había hecho
bajarse del auto y se dedicaba a desarmar el mecanismo atascado, ensuciándose las manos con
grasa, bufando y protestando mientras Laura se
aburría al costado del camino.

Una hora después, de muy mal humor, llegaron a la hostería, Laura pidió un waffle con miel y
Miguel un lemon pie, comieron mirándose, el
azúcar los reanimó un poco, era químico Miguel,
su padre era dueño de un importante laboratorio,
sus amigos lo llamaban Diezdedos, ya vas a saber
por qué, decía, con malicioso orgullo, mientras
sus piernas se frotaban contra las de Laura por debajo de la mesa.

Pero Laura nunca lo supo porque esa misma
noche volvió Miguel para avisarle que había llegado sorpresivamente su novia de Montevideo,
trataría de verla de todos modos, y se verían, en
verdad, el resto del mes, en ratos muy cortos,
nunca de noche, nunca el tiempo suficiente como para permitirle a Miguel desarrollar su estra-
tegia de conquista, esa escalonada serie de avan-
ces que, fracasado bochornosamente el asalto inicial, parecía considerar ahora indispensable para
seducirla.

Cómo no alegrarse, entonces, ante la inesperada aparición en la escena vacía de Kalnicky Kamiansky, *deus ex machina* convocado por su
abuela para rescatarla de las largas tardes dedicadas a Lautréamont y los churros rellenos, en
un simultáneo acto de consumo que uniría para
siempre en su espíritu a Maldoror, terrible como
un águila, con el sabor del azúcar sobre la capa
dorada y crujiente, apenas aceitosa, de los churros. Laura gozaba de la lectura siempre, pero sobre todo en el invierno, el frío la convocaba a los
sillones, la soledad y los zoquetes de lana, en la
playa era casi imposible, el calor la llamaba dul-
cemente, ácidamente, la obligaba a perderse, le-
vantando la vista, en el color de la arena, en su
textura.

Yo soy médico, le había dicho Kalnicky Kamiansky mientras caminaban por la orilla, evitando las medusas que se evaporaban tristemen-
te junto a las algas, las manchas de petróleo, penosos detalles que resultaba preferible ignorar si
se pretendía justificar el alto precio de los hela-
dos y los alquileres. Y, haciendo una pausa para
destacar toda la importancia de lo que venía después, Kalnicky había completado la información:
no sólo médico sino casi Cardiólogo, se estaba es-
pecializando, trabajaba en el consultorio de su tío,
tenía los ojos muy juntos Kalnicky Kamiansky,
orgullo de sus padres, tenía amplias caderas y só-

lo lamentaba que su abuelo León no hubiera estado vivo para verlo recibir el título de médico.

—¿Vos sabés —le preguntó a Laurita— vos sabés quién era en la colectividad León Kamiansky?

Pero Laurita, lamentablemente, no tenía idea de quién había sido León Kamiansky, y mucho menos en la colectividad, un ente que se le aparecía a ella un poco vago y siempre amenazador, exigente, con el que nunca había mantenido relaciones, una colectividad a la que se sentía pertenecer tan inevitablemente que no creía necesario participar en ella, en sus instituciones o grupos.

Yo soy un Kamiansky, un Kalnicky Kamiansky, había asegurado él, con envidiable orgullo. ¿Vos sabés quiénes eran los Kamiansky en la Rusia del Zar? Laura trató de reunir sus dispersos conocimientos acerca de la Rusia del Zar pero sus lecturas de Tolstoy, o Pushkin, nada decían de la actividad de la familia Kamiansky en la corte del Emperador de las Rusias.

A Laura le gustaba la feroz adhesión de Kalnicky Kamiansky por su abuelito León, en realidad era lo único que le gustaba de él y mientras él insistía en ensalzar las maravillas del departamento que sus padres le habían regalado en el piso diecisiete del Santos Dumont, de dos ambientes con vista al mar, ella prefería llevar otra vez la conversación al tema de León Kamiansky, difunto y prócer, caritativo, cofundador de un templo, comerciante.

Sus padres estaban contentos de verla salir por fin con un buen muchacho de buena familia, la inversión estaba comenzando a rendir, y Laura quería demostrar su buena voluntad hasta el final, aunque se sentía secretamente injusta porque tampoco ellos hubieran tolerado con paciencia la gozosa enumeración de sus posesiones en la que Kalnicky Kamiansky se complacía, se embarraba: su sonoro apellido, su título universitario, su Peugeot 404, su departamento en la horrible mole del Santos Dumont. Kalnicky Kamiansky excedía grotescamente las virtudes que sus padres esperaban en un buen muchacho de buena familia.

Pero, además, Kalnicky Kamiansky la había invitado a cenar. A un restaurante. A comer mariscos. Nunca antes un hombre había invitado a Laurita a cenar mariscos en un restaurante, la invitaban a veces a tomar un café y era perfecto, los arquetipos de Jung y un cortadito, el malestar en la cultura y los tallarines con pesto de Pippo, hasta una memorable parrillada en Pichín había llegado Laurita con la dialéctica hegeliana, horizonte mítico y medialunas, Engels y Gramsci frente a un panqueque de La Martona y todo era como debía ser aunque en ocasiones fuera Laurita misma la que tenía que pagar la cuenta. Pero nunca, nunca antes, un hombre había estado dispuesto a realizar semejante inversión en ella, invitarla a un restaurante de Punta del Este a comer mariscos.

Laurita se sintió conmocionada, estremecida, asombrada, sobre todo, de descubrir en ella esa inesperada vocación de puta, un hombre iba a gastar dinero por el placer de su compañía y eso le gustaba, le gustaba enormemente. Las mujeres, había leído un día, abriendo al azar uno de los tomos de las *Obras Completas* de Freud, tan encuadernado, tan caro, tan ballesteros, las mujeres, por ser perversas polimorfas, están especialmente dotadas para la prostitución, qué disparate, pero no era ese polimorfo, perverso placer el que esperaba ella de Kalnicky Kamiansky, sino el de ser pagada, evaluada, el placer todavía desconocido para ella de ver a un hombre sacar dinero, auténtico dinero de su billetera para pagar una elevada cuenta sólo por el gusto de estar, de haber estado con ella. Qué bien, dijo su madre, por fin, Laurita, vas a salir con un muchacho como la gente, bien vestido, que te invita a cenar, un buen muchacho de buena familia.

Laurita eligió entonces platos moderadamente caros y Kalnicky Kamiansky no esperó siquiera a que llegaran los cócteles de langostinos, abundante salsa golf de fábrica, excesiva cantidad de lechuga, para aclarar que también en Buenos Aires tenía él departamento propio, Barrio Norte, tres ambientes, dos baños, aunque vivía por ahora con sus padres. Siempre hacia abajo, sin conciencia de la abrupta pendiente por la que lo despeñaban sus palabras, seguía enumerando, contabilizando, mi familia tiene un chalet en Los Troncos, un chaletazo, en el barrio Los Troncos de Mar del Plata, era de mi abuelo, vieras qué jardín, qué jardinazo, decía Kalnicky Kamiansky mirándola tiernamente por sobre los calamaretes fritos.

Pero Laura no estaba dispuesta a proseguir con el balance inmobiliario, quería disfrutar del postre y había descubierto, Laurita, que todos los hombres y mujeres de este mundo tienen por lo menos una historia, una buena historia que vale la pena escuchar, hasta Kalnicky Kamiansky, médico casi cardiólogo, dos ambientes en Punta, bulín en Buenos Aires, chalet compartido en Los Troncos, debía tener una y no le fue difícil encontrarla, extraerla; la de Kalnicky Kamiansky era una historia de amor y le gustaba, dolorosamente, relatarla.

Le dolía también a Laurita escucharlo, le dolían sus palabras pesadas, vacías de sentido, era penoso escucharlo expresar un afecto que había sido probablemente cierto con el vocabulario convencional, las expresiones monótonas, trilladas de los teleteatros.

No era judía ella, la bienamada de Kalnicky más Kamiansky que nunca, era una piba de barrio, estudiaba en la Pitman, él la quería tanto, ella lo quería tanto pero no era judía, y sufría él de pensar en el apellido Kamiansky, ese apellido que tan alto había llevado su abuelito León en la colectividad, unido a un Sánchez terrible, a un Sánchez cualquiera, arrastrado por el barro. Había sufrido mucho, debatiéndose Kalnicky Kamiansky, y cuando empezó la enfermedad de su abuelito León supo que debía dejarla. Ella misma me lo pidió, te das cuenta cómo me quería, ella misma me pidió que nos separáramos por no verme sufrir tanto, no creas que mi abuelito León me decía nada, no era de esos, jamás se hubiera metido en mi vida, él sabía todo y me miraba, nada más, me miraba con esos ojos tan tristes y yo ya me daba cuenta, fue peor cuando murió, me sentía una porquería cuando estaba con ella, siempre me parecía que estaba al lado mío mi abuelito León, mirándome con los ojos tristes.

Cuando tenga un hijo, y se recuperaba ahora Kalnicky Kamiansky, después de una pausa, recordaba el charlot, volcaba el chocolate caliente sobre el helado casi derretido, iba saliendo del pozo, se rehacía, miraba intencionado a Laurita, le quiero poner el nombre de mi abuelito pero un poco más modernizado, es medio antiguo León,

¿no te parece? Cuando tenga un hijo varón voy a llamarlo Lionel.

Se habían besado después, a la vuelta, en el confortable Peugeot de Kalnicky Kamiansky y Laura había tenido otra vez la oportunidad de asombrarse de sí misma, de su cuerpo, siempre dispuesto a desear incluso a un hombre tan radicalmente indeseable como era, para una Laurita, un Kalnicky Kamiansky apoyándose, casi cardiólogo, sobre su pecho. Sólo la abstinencia, se decía Laurita, podía justificarle las ganas, esas ganas generales, mecánicas, que el azar centraba en ese instante en ese señor desagradable que la besaba con técnica deficiente y entusiasmo. Si vos quisieras hacerme feliz, le dijo horriblemente Kalnicky Kamiansky al despedirse, yo te podría tener como a una reina.

Difícil, entonces, muy difícil explicarse las razones por las que había aceptado Laurita volver a encontrarse con él una vez más a la tarde siguiente, una vez más que sería, estaba decidido, la última. Difícil explicarse por qué se había dejado abrazar tan fuertemente en esa playita solitaria, hacía frío, había gaviotas que emitían sus desagradables chillidos, la realidad se imponía pesadamente a la imaginación.

Me hiciste feliz, le había dicho, inesperadamente, Kalnicky Kamiansky y ni siquiera entonces había terminado de entender Laurita la exqui-

sita metáfora con la que aludía él a sus orgasmos,
tan en seco se había ido el pobre Kalnicky Kamiansky que ni siquiera contra ella, tan en seco
que ni siquiera había alcanzado ella a darse cuenta, pero muchos años después volvería a recordarlo cuando un taxista enorme, después de mirarla mucho por el espejito, le había desbordada-
mente dicho te doy todo, morocha, si vos me hacés feliz yo te doy todo, hasta el Falcon te doy,
morocha, te doy todo.

Tenés que conocer mi departamento con vista al mar, decía Kalnicky Kamiansky en la playita, tenés que conocerlo, es maravilloso, ex-
traordinario, regalo de mis padres cuando me
recibí de médico, tenés que ver lo que es el mar
desde el piso diecisiete del Santos Dumont, un
espectáculo, no te lo podés perder, tenés que
verlo.

No quiero acostarme con vos, le dijo Laura.
Pero tonta, malpensada, no ves que vos siempre
estás con eso en la cabeza, yo quiero mostrarte el
mar, la vista al mar, ya vas a ver lo que ese departamento, además está vacío, no tiene cama, todo
mío, regalo de mis padres. No voy a acostarme
con vos había repetido Laura en el ascensor mientras él se abstenía cuidadosamente de tocarla para demostrar la pureza de sus intenciones, se trataba únicamente de exhibir sus propiedades, su
horizontal riqueza.

No voy a acostarme con él, se decía Laura, y entonces para qué estás aquí, pedazo de estúpida, infeliz, si sabés perfectamente lo que sigue. Y era cierto, tenía vista al mar, inevitablemente, el dos ambientes de Kalnicky Kamiansky que había insistido en dejar la puerta abierta para que veas que sos una malpensada, y estaba vacío, ya lo voy a amueblar la próxima temporada, vamos a ver si mejora la diferencia de cambio, totalmente vacío, había solamente una radio portátil sobre el parquet, qué calor, dijo él, no tenés calor, muchísimo calor, ¿por qué no te sacás el pulóver? ¿Por qué no bailamos? yo digo bailar nomás, no pienses otra cosa, dijo con increíble sutileza Kalnicky Kamiansky, el rompecorazones, no aguanto el calor, qué clima tan pesado, mientras se sacaba los pantalones, un buen muchacho de buena familia en calzoncillos moviéndose al compás de *Hey Jude* que la radio cantaba fuerte con la voz de los Beatles, de uno de ellos, al que la pésima memoria auditiva de Laura era incapaz de identificar.

A Laura le duele la cabeza mientras permanece todavía un instante allí, detenida pero yéndose ya, con la mano en la manija de la puerta entreabierta, detenida por los sollozos de Kalnicky Kamiansky que llora sentado en el piso, invocando a su abuelito León. Por qué, dice Kalnicky Kamiansky, entre hipos y lágrimas, por qué me tiene que pasar

esto a mí, abuelito León, por qué te moriste abuelito, por qué tuve que dejarla a esa chica buena que
me quería bien, abuelito, y ahora tengo que meter-
me con una de esas judías psicoanalizadas que se
cree muy inteligente porque leyó el último best se-
ller de Mahatma Ghandi, si una mujer al lado mío
podría estar como una reina, abuelito.

Mirta, la secretaria del Instituto Crisálida, es una excelente vendedora y percibe una pequeña comisión por cada alumna a la que logra convencer. Pero además está segura de que en su trabajo está cumpliendo una función social, modesta aunque no desdeñable. Cree honestamente que los servicios que ofrece redundan en un intenso beneficio psicológico para las mujeres embarazadas. Por eso se muestra tan insistente y se siente herida en su amor propio cuando Laura se niega a inscribirse de inmediato. Su experiencia le indica que, aunque ha prometido pensarlo, la señora ha tomado ya su decisión.

La señora Laura baja las escaleras sin esfuerzo pero con prudencia. Su casa queda a ocho cuadras del Instituto Crisálida y decide recorrerlas a pie. En el camino tendrá la oportunidad de mirar en las vidrieras la moda que ya no podrá usar ese año y se pesará ritualmente en cada una de las tres farmacias que hay en el camino.

La primera farmacia queda en la esquina misma del Instituto y el farmacéutico, que ya la conoce, le sonríe con amabilidad. Desde que su estado se ha hecho evidente, Laura nota que la gente la trata con una suerte de gentileza compasiva, como si se encontrara en una situación de invalidez parcial. Le devuelve la sonrisa al farmacéutico y anota mentalmente su peso: setenta kilos y medio.

Al salir de la farmacia, un hombre empieza a seguirla desde atrás, murmurando algo en voz muy baja. En lugar de apresurar el paso, como lo haría en una situación normal, aminora su ritmo y se detiene frente a una vidriera para permitirle la visión completa de su figura, que sin duda habrá de desalentarlo. El hombre, sin embargo, se le acerca todavía más y ahora Laura puede escuchar palabras cuya neta grosería evidencia que no tiene interés en entablar con ella ningún tipo de relación, se trata de una mera descarga verbal que, probablemente, lo satisface en sí misma. Cuando Laura amaga cruzar la calle, el hombre no intenta seguirla, y se adelanta rápidamente desapareciendo al doblar la esquina.

En la segunda farmacia pesa solamente sesenta y nueve kilos. Pero la señora Laura se abstiene de alegrarse. Es la tercera balanza, la más próxima a su domicilio, la única en la cual realmente confía y ya se ha pesado en ella esa mañana, antes de la consulta, de modo que no habrá sorpresas.

A Laura le gusta caminar por la ciudad. Antes de conocer a su marido solía realizar largas caminatas nocturnas que interrumpía a veces para tomar un café en cualquier parte. Hace ya mucho tiempo que no entra sola a un bar, que no se sienta sola en una mesa, que no paga ella misma su consumición. La idea no la tienta pero se pregunta, sin embargo, cuánto costará ese cafecito que hace tanto que no paga.

# VI. El precio de un café

*En que Laurita paga alegremente la cuenta.*

Laurita caminaba por la tarde de primavera, atenta a la peculiar consistencia del aire, a su olor, a los parches de sol que delimitaba la sombra de los edificios. Atenta, sobre todo, a su propio cuerpo, Laurita caminaba con placer, consciente del movimiento de sus piernas, que hacía flamear brevemente las anchísimas botamangas de sus pantalones rojos, consciente de su respiración, que hinchaba y deshinchaba su pecho recordándole lo muy ajustada que le quedaba la blusita blanca, de tela imitación encaje.

Laura se sentía bien consigo misma, tan cómoda y feliz como las activas mujeres que promocionan los avisos de desodorantes. Los hombres la miraban interesados y ella recibía sus miradas como un adorno más, sin devolverlas. No había muchos hombres, sin embargo, porque fuera del centro las tardes de sol en Buenos Aires son de las mujeres, de sus hijos.

Un muchacho alto venía caminando en dirección opuesta; mirándola fijamente se adelantaba a su encuentro. Laura le sostuvo la mirada; le gustaban sus ojos claros en contraste con la piel mate, los bigotes negros y espesos. Lo dejó acercarse mientras disminuía la velocidad de sus pasos, mientras se preguntaba qué le diría él, cómo comenzaría esta vez el ritual del primer encuentro.

—Disculpame —dijo él, encarándola de frente, obligándola casi a detenerse.

Buen comienzo: mucho mejor que seguirla o ponerse a caminar a su lado, difícil por otra parte resistirse al disculpame o al disculpemé señorita como primera aproximación. Si se sigue caminando muy derecha, sin mirar, es posible que al disculpame siga un me podés decir la hora, o se te cayó ese papel de la cartera o peor todavía, fijate, tenés bajado el cierre del pantalón y toda la dignidad, entonces, desmoronándose francamente en el ridículo.

—Disculpame, pero yo te conozco de algún lado.

Cuatro puntos no más para este comienzo excesivamente trillado, que se salvaba apenas del aplazo por la convicción con que pronunció las palabras y el buen lenguaje gestual, esa certeza en el tono y en la cara. Que se salvaba del aplazo, sobre todo, porque la mirada alentadora de Laurita lo había eximido de un verso más complejo, más original.

—Sí —dijo ella—. Seguro: yo también te conozco.

—¿Viste? ¡Yo sabía! ¿Qué te parece entonces si vamos a tomar un café y tratamos de acordarnos de dónde nos conocemos?

Un poco sorprendido de su buena suerte la miraba él ahora tomar su cortadito. Una gota de café con leche le chorreaba por la barbilla a Laura, que nunca había aprendido a beber el café a grandes tragos como todo el mundo y persistía en un sistema de absorción que recordaba a la lactancia, haciendo chocar sus dientes reiteradamente contra la taza. Se secó la barbilla con la servilleta de papel sabiendo que ese gesto llamaría en él a la ternura, a las ganas de protegerla y tal vez al deseo en ese primer encuentro; y que podría llegar a irritarlo ferozmente si llegara a haber encuentros posteriores.

Laurita se dispuso, contenta, a seguir con el juego, cuyas reglas tradicionales los dos conocían tan bien. Ahora le correspondía a él tratar de establecer el hipotético lugar donde podrían haberse visto antes, aun sabiendo de antemano que ese lugar no existía, y la enumeración daría pie a una conversación fluida en la que empezarían a conocerse, a descubrirse, en el juego de la seducción.

—¿Vos no sos de Villa del Parque?

—No, me crié en Caballito, frente al Parque Rivadavia.

—Ah, entonces ya sé, te conozco de Ferro, seguro que ibas a la pileta de Ferro, yo no era socio pero me hacía entrar siempre un amigo.

—No, nunca fui socia de Ferro, yo iba a la pileta de Hebraica.

Esa confesión estrechaba el círculo, cerrando algunas posibilidades y abriendo otras muy definidas. Era el turno de él y una jugada decisiva: tengo un amigo judío, o aun tengo muchos amigos judíos, podría haber decidido la partida en su contra, evidentemente lo sabía porque eligió con astucia su próximo movimiento: jaque a la dama.

—Yo salía con una chica de Bet-El, pero a la familia no le gustaban los gois.

Gois, anotó Laura, es la palabra que usan los no judíos para referirse a los goim. Decididamente, los morochos de ojos claros eran su tipo y, además, el muchacho le resultaba simpático. Sin embargo la tarde de sol estaba tan hermosa que Laura, alentada por el aire de primavera, sintió la irresistible tentación de patear el tablero.

—Vos sos entrerriano.

—¡Claro! ¿Me sacaste por el acento?

—Y sos arquitecto. Todos los arquitectos usan botitas de gamuza.

—¿De veras? Observadora me había resultado la morocha —sonrió él, haciéndola ya suya en el "me", mientras inclinaba el cuerpo hacia adelante, sobre la mesita con un mantel rojo sobre otro azul, y acercaba lentamente su mano a la de Laura, que hacía bolitas de papel con los restos de la servilleta.

—Arquitecto, sí. Y además te recibiste hace tres años. Sos divorciado, sin hijos, trabajás en una empresa de mamparas y cerramientos y te llamás Carlos.

Y cómo no gozar de su creciente sorpresa, desconcierto, el perceptible retroceso de su cuerpo hacia el respaldo de la silla, de su mano hacia la taza de café, el leve rubor en la revelación final de su nombre, la interrogación que no atinaba a traducirse en palabras.

—Pero si ya me levantaste una vez el año pasado —dijo Laura, con una sonrisa de oreja a oreja—. Desmemoriado me había resultado el hombre. Fue por Corrientes, tomamos un café en el Politeama, tampoco te alcanzó la plata para pagar el mío.

Laura caminaba otra vez sola por la tarde de primavera, pensando que la historia bien valía el precio de un café. Se sentía tan bien consigo misma, tan cómoda y feliz que hasta podía prescindir de las miradas interesadas de los hombres. En cambio, le resultaba imposible prescindir de las comparaciones prestigiosas: como Olivera y la Maga, se dijo Laura, volverían a encontrarse alguna vez, sin buscarse, en alguna esquina de Buenos Aires y entonces tal vez sí, la tercera es la vencida.

En el caos multiforme y heteróclito de la ciudad, es agradable encontrarse con gente de gustos definidos.

La señora Laura camina sin dificultad, con las piernas levemente separadas, bamboleándose un poco. Usa sandalias de taco bajo que le ajustan bien el pie. Es la hora más calurosa del día y aquellos que pueden evitarlo prefieren no andar por la calle, permanecen en sus casas o en sus oficinas. Las heladerías tienen algunos clientes pero no estarán llenas hasta que caiga el sol. Los aparatos de aire acondicionado que sobresalen de los edificios, dejan caer una lluvia de gotas gruesas que alcanzan a formar en el suelo pequeños charcos en constante evaporación. Alrededor de las mesitas que los cafés o las pizzerías tienen en la vereda, se ven grupos de hombres en mangas de camisa, con la corbata floja, los sacos colgados sobre las sillas. Los adolescentes y los hombres muy jóvenes usan remeras. Laura mira con retrospectiva envidia a las muchachitas que pasan vestidas con ropas ajustadas y ligeras, esa moda para uso exclusivo de las muy jóvenes que ha comenzado a imponerse en los últimos años y que deja a la vista sectores notablemente grandes de piel bronceada y tersa. Cuando ella tenía esa edad, los adolescentes no habían sido descubiertos aún como mercado potencial: ella y sus amigas se sentían orgullosas y satisfechas de poder usar ciertas prendas relativamente audaces que sus madres sacaban de sus propios guardarropas y les entregaban en ceremonia solemne.

En la tercera balanza, la suya, la señora Laura comprueba que la incorporación de las masitas ha aumentado su peso en un cuarto kilo. Se permite, entonces, comprar un helado: un cucurucho de dulce de leche y granizado de chocolate. Se lo come por la calle, sin dejar de caminar, con lentos y gozosos lengüetazos que le atraerían los comentarios procaces de los hombres con que se cruza si no la protegiera su evidente embarazo.

Le produce placer caminar así, con paso rápido, por la vereda caliente, tratando de no considerar el leve olor a podredumbre que expelen, con distintos matices, las verdulerías, los charcos, las veredas de los cafés, los pequeños montículos de basura que se acumulan en las calles de cualquier ciudad a pesar de la eficiencia de sus servicios de limpieza, a menos que se trate de una ciudad suiza. Ese placer de caminar contrasta con el desagrado, las molestias y el aburrimiento de las clases de gimnasia.

Es la primera semana del mes y Laura no ha pagado aún la cuota correspondiente en el Instituto Crisálida. Decide, entonces, interrumpir las clases; de esa manera podrá ahorrarse el pago de un mes completo del que probablemente no podría utilizar más que tres semanas, ya que le falta muy poco para el parto. Pero su sentido de la ética no le permite desaparecer sin aviso y además desea volver al instituto después del parto para mostrar a su bebé y exhibir su propia maternidad. Es posible, también, que uno o dos meses después resuelva participar en los cursos de gimnasia posparto, que la ayudarán a recobrar su figura, bajando de peso y recuperando la fuerza y la elasticidad de los músculos abdominales.

Para estar en condiciones de reingresar al Instituto Crisálida sin necesidad de explicaciones incómodas o de mentiras, debe ir el próximo jueves a despedirse, aceptar alegremente los deseos de buena suerte y las miradas de envidia. Es agradable actuar correctamente, piensa Laura, imaginando las formalidades de la despedida.

# VII. La despedida

*En que Laurita rechaza los términos de una renuncia.*

Con tres vocales, una ere y una ese, era imposible que no tuviera Scrabel, por fuerza tenía que encontrar una palabra de siete letras, había que pensar un poco, nada más, tomarse unos minutos y unos sorbos más de café con leche, cambiar las letras de lugar en el soporte y listo, hecho, "totoras", siete letras, scrabel, cincuenta puntos de premio, sesenta y cuatro puntos en total.

—¿Ya empezás con los escrábeles, vos? —le dijo Pablo—. Mejor para mí, ¿no ves que me abrís el triplique, sonsa?

—¿Qué triplique, qué vas a poner ahí? ¿Totorase del verbo totorar? ¿Totoraza aumentativo de totora?

Y mientras él pensaba, retorciéndose las puntas del bigote, su próxima jugada, ella miró fijamente el tablero para no mirarlo a él y sobre el tablero, sin embargo, volvió a ver su cara y supo cuánto le iba a doler no verlo más, cómo iba a extrañar el peso de su cuerpo. Tres años perdidos, diría su abuelita: ese mal hombre te hizo perder tres años.

—No se me ocurre nada —dijo Pablo después de un rato largo—. ¡Ah, sí! Pongo "da". Tres puntos.

—Vos tenés otra de. Te conviene así: "dad" y "vid", agarrás el duplique y tenés diez, catorce, diecisiete puntos.

—Ya me estuviste mirando las letras.

—Bueno, para ayudarte, ¿no? Si no se hace muy aburrido —dijo Laura. Y aunque sabía que así se terminaba el juego, dijo también en un impulso: —Vos estás con otra.

—Sí —dijo Pablo, sobresaltado y con alivio—. ¿Cómo sabías?

—"Truncara", otra vez hago scrábel —y se sentía orgullosa, Laurita, de haber logrado colocar las siete letras teniendo sólo una u y una a, y usando otra vocal del tablero.

Orgullosa. Destrozada. Pensaba en una jugada imaginaria, primero hacer Scrabel con trozada, agarrando un duplique con los diez puntos de la zeta y tener la suerte, después, de conseguir antes que su contrincante las letras necesarias para formar el prefijo des-, poner destrozada triplicando toda la palabra, lo suficiente como para ganarle un partido a un jugador mucho mejor que Pablo. Pero, aunque anotó los puntos de "truncara" ya no tenía sentido seguir jugando.

—Qué sé yo. Sabía. Se te nota. Ayer a la noche la viste —dijo, al azar—. Pero todavía no te acostaste con ella.

—Qué hija de puta que sos. Sabés todo —dijo Pablo con admiración.

Laura no sabía todo, pero se iba enterando. Sentía todos los músculos de su cuerpo repentinamente flojos, débiles, se preguntaba si podría pararse. Prendió un cigarrillo. Sus movimientos le parecían muy lentos, como si estuviera adentro del agua, muy adentro, en el fondo, con todo el peso del océano sobre ella. Tenía frío también. Para escaparse del dolor trató de ubicarse mentalmente en el futuro, un año después; desde esa distancia, desde otro hombre, recordaría esta escena con indiferencia.

Pensó en el amor como en un hipopótamo, el trote torpe y destructor de un hipopótamo devastando sectores de la selva a su paso, indiferente a todo lo que no fuera procurarse alimento, zambullirse en el agua, imbécil y torpe amor.

—Entonces, no vas a querer verme más, ahora. Y ya se terminó todo.

—Sí. Se terminó. —Y aunque no tenía ganas de mirarla, estaba contento, Pablo, de que la perspicacia de Laura le ahorrara tantas difíciles explicaciones. La miró, entonces, con ternura, le acarició la cara.

—Te quiero mucho. Sabés eso, también, ¿no es cierto?

Y eso sí que colmaba, excedía la medida de lo soportable, el afecto de Pablo, su estimación, su aprecio. Laura pensó en todo lo que el *mucho* le quitaba al *te quiero* y supo que no podría vivir con ese cariño a cuestas, que no era así, con una tenue ternura, como deseaba ser recordada.

—Y como igual ya se terminó todo, ahora podemos decirnos la verdad, ¿no? Ahora me podés contar con quién estabas ese fin de semana que te fuiste a Mendoza. Siempre tuve curiosidad.

—Nada, no pasó nada, me fui a Mendoza, al congreso, como te dije.

—Para qué vas a macanear, si ya no tiene importancia. Si yo sé que estabas con alguien, te pisaste.

—Bueno, estaba en Córdoba, no en Mendoza. Con una de mis primas de Córdoba, ¿te acordás?

—Y yo estaba con Pancho. Ese fin de semana me acosté con Panchito.

—¿Por qué hiciste eso? —dijo Pablo, todavía sin creer en lo que estaba escuchando pero ya angustiado, dolorido, con la palidez de quien acaba de recibir un fuerte golpe en la cabeza. Porque a Laura, que lo quería, nunca le habían molestado las infidelidades de Pablo, todo lo que la preocupaba era que volviera con ella y en cambio a Pablo, que no la quería, las infidelidades de Laura lo volvían loco de dolor y de celos.

—Bueno, no me iba a quedar en casa chupándome el dedo mientras vos andabas por ahí desflorando primitas.

La alusión, esta vez, no era azarosa, apuntaba concretamente a una de las debilidades de Pablo que, siempre inseguro de su capacidad de seducción, se inclinaba por superar desafíos, prefería las tareas difíciles, con obstáculos, las mujeres vírgenes. Cierta vez una de sus alumnas, agradecida, le había regalado un ejemplar del *Martín Fierro* encuadernado en piel que Pablo le había mostrado a Laura, un poco avergonzado.

—Pero yo no te pregunté nada —dijo ahora Pablo—. Yo no quería saber nada. ¿Por qué me tuviste que contar eso?

Y Laura no sabía bien por qué, buscaba algo que pudiera lastimarlo, hacerle compartir una parte del dolor, hubiera querido clavarle un instrumento largo y delgado en el pecho, una aguja de tejer, por ejemplo, con la punta doblada como un anzuelo y arrancarla después de un tirón, untarle la herida con mostaza.

—La pasamos bien con Panchito. Hacía tiempo que le tenía ganas.

En los últimos tres años había tenido tiempo de conocer bien a Pablo, Laurita, y sabía que, aunque el instrumento del amor estaba roto, to-davía podía hacerlo bailar con el del odio. Iba a ser una despedida fuerte, con ganas, una buena despedida.

—¿Y qué hicieron? —dijo Pablo, con voz indi-ferente.

—Y qué íbamos a hacer. Cogimos.

—¿Cuántas veces?

—Qué te importa.

—Te pregunté cuántas veces —y la voz de Pablo sonaba sibilante ahora, contenida, aunque to-davía impersonal, distante.

—Tres veces.

—¿Y después? ¿Volviste a acostarte con él, después?

—No, después vos volviste de Mendoza. O de Córdoba, mejor dicho. Después no lo vi más.

—¿Y qué tal coge Panchito? ¿Mejor que yo?

—No sé. Distinto. No me voy a poner a con-tarte los detalles, ¿no?

Entonces Pablo dejó caer toda apariencia de tranquilidad, de fría curiosidad científica, y avan-zó pesadamente hacia ella, jadeando, con los ojos enrojecidos, temblando de odio y de celos. Lau-rita retrocedió, apoyándose contra el respaldo del sillón. Pablo la agarró del brazo, apretándole la muñeca con fuerza.

—Sí, justamente, putita, puta reventada, vas a contarme todos los detalles. ¿Se la chupaste?

Quiero saber todos los detalles. Contestame. Ahora me vas a decir si se la chupaste.

—Sí se la chupé, ¡soltame! —Laurita trataba de liberar su brazo, se retorcía de dolor.

Y Pablo le preguntó también cómo se la había chupado, si se la había metido toda en la boca, Panchito, si lo había acariciado con la lengua, si se había tomado la leche, y como Laura se negaba a contestar acompañó, Pablo, cada una de sus preguntas con una bofetada seca, dura, impersonal, hasta hacerle sentir en la boca el gusto de la sangre, hasta que Laura, en un estallido de rabia, de dolor y deseo, inventando a partir del confuso recuerdo de una breve historia que había sucedido hacía casi un año, una historia cuyo único sentido había sido precisamente éste, la posibilidad de atesorarla, de convertirla en recuerdo y en relato, porque, aunque era cierto que le tenía ganas, por Pablo y para Pablo se había acostado Laura con Panchito, le contó con placer, Laura, cómo lo había acariciado con la lengua, lentamente, primero las pelotas, y había subido después, desde la raíz hasta la cabeza, lentamente, con la lengua, antes de ponérselo todo en la boca y comenzar el movimiento acompasado, sin dejar de trabajar, entretanto, con la lengua, hasta hacerlo acabar a Panchito, hasta sentir en la boca el sabor tibio, picante y sabroso de su semen, hasta tragárselo todo y era mentira,

claro, porque la leche no le gustaba a Laurita, le
daba arcadas y Pablo debería saberlo, recordarlo,
si sólo se encontrase en condiciones de saber o
recordar alguna cosa.

—¿Y cómo tiene el palo Panchito? ¿Lo tiene
grande? ¿Más grande que el mío?

—¡No tiene palo, Panchito, tiene sable! Porque
lo tiene más largo que el tuyo y más finito, y un
poco curvado hacia abajo y entonces no le dice
palo, Panchito, palo le decís vos, él le dice su sable. ¡El sable corvo de San Martín!

Y ya francamente disfrutando de la situación,
Laurita, ya sin necesidad de bofetadas, golpeando
ella, con sus palabras, se enfrascó en una detalla-
da descripción y clasificación de los hombres que
había conocido o imaginado y cómo solía suceder
que dieran ellos un nombre particular a su propio
sexo, un nombre inventado o elegido entre los
muchos nombres conocidos, y cómo ese nombre
estaba generalmente en relación con ciertas características físicas que cada uno consideraba univer-
sales y eran en realidad personales y privadas y así
había conocido, Laurita, a la Chaucha y, al Cabezón, a la Varita Mágica y a Perico de los Palotes y
al Bastón de Vigilante y pasó después, Laurita, a
relatar con delectación los diversos placeres, ya
decididamente imaginarios, que cada instrumento, de acuerdo con su forma o su tamaño, era capaz de provocar en una mujer.

Hasta que la hizo callar, Pablo, enroscándole la mano en el pelo y tirando hacia abajo, retorciéndole el brazo al mismo tiempo hasta obligarla a ponerse de rodillas, con la cabeza echada para atrás, mientras se desabrochaba los pantalones, y se la hizo chupar, Pablo, como en su historia se la había chupado Laura, a Panchito.

Y después la hizo retroceder, Pablo, a Laurita, y le ordenó que se sacara la camisa y se acariciara los pechos, y la miró, mordisqueándose las puntas del bigote, mientras ella se acariciaba y la ayudó después a sacarse los pantalones y le ordenó caminar así, semidesnuda, en cuatro patas por la habitación, y obedeció Laurita a sus órdenes, corriendo, como un perro, a su llamado, y la besó en el cuello, Pablo, a Laurita, y jugó a acercar y alejar su boca de sus pezones, tocándolos con los labios, el bigote, y puso la boca sobre uno de ellos, rozándolo apenas, hábilmente, con los dientes mientras su brazo le rodeaba la cintura acariciándole las nalgas, las caderas, y la otra mano subía despacito desde la rodilla hacia arriba, por la cara interna del muslo hacia su centro, hasta mojar los dedos en su sexo húmedo para lubricar la caricia aterradoramente suave.

Y sintió, Laurita, las ondas de deseo que partían desde su centro en convulsivos espasmos y el deseo era también placer, placer y deseo al mismo tiempo en un solo nudo, hasta sentir to-

da su piel erizada, *bristly* dispuesta, hasta sentir pincha-
zos como los que podría causar una aguja increí-
blemente fina en la punta de los dedos, hasta que
no pudo resistirlo más, Laurita, y de su boca entreabierta comenzaron a escaparse quejidos, el
sonido del goce, y ese sonido, el de su propia respiración hecha voz, elevó más todavía la ola del
deseo.

Entonces entró en ella, Pablo, y su lengua entró en la boca de Laura, recorriendo los dientes,
las encías, mientras ella mantenía los dientes
apretados, obligándola a separarlos, violándole la
boca mientras se movía adentro de su cuerpo. Y
la llamó mi yegua, Pablo, a Laura, mi puta, mi
hembra, mientras se estremecían juntos en un
instante final, interminable.

Pero después todo seguía igual y le acarició el
pelo con ternura, a Laurita, Pablo, con tristeza,
mientras se vestían, recordaron, entonces, que se
estaban despidiendo, y se puso a llorar, Laurita,
y Pablo también lloró un poco y se abrazaron
muy fuerte y Pablo le pidió perdón a Laurita porque ya no la quería y Laura se preguntó en silencio por qué miércoles no la querría más, los misterios de ese hipopótamo, el torpe amor.

Y Pablo se fue y esta vez se fue para siempre y
miró con afecto a Laurita en el palier, mientras
esperaban el ascensor, sos una buena chica, le dijo, te voy a extrañar mucho.

Entonces Laurita se puso en puntas de pie y lo hizo inclinarse hacia ella porque estaban en el palier y quería decirle algo más y decírselo, además, en el oído. Y abrazándolo, en el oído, le dijo muy bajito, susurrando, a Pablo, Laurita.

—Te olvidaste de preguntarme. También me la dio por el culo, Panchito.

Y después entró a su casa y cerró la puerta.

Como un boxeador cansado, derrotado, que vuelve a los vestuarios escuchando todavía los gritos del público que festejan al triunfador, se arrastró Laurita hasta el baño. Como un boxeador cansado, derrotado, tenía la cara Laurita, peor todavía, manchada de sangre y semen y mocos y sudor, y negras lágrimas cargadas de pintura. Y mientras se enjabonaba debajo de la ducha, Laurita, mientras dejaba que el agua le empapase el pelo, corriera por su cuerpo, Laurita pensó que Pablo podía golpearla y humillarla, podía hacerla gozar, podía darle placer y dolor y tristeza, podía abandonarla, pero nunca, nunca jamás, ni aunque viviese un millón de años, iba a poder ganarle un partido de Scrabel, Pablo, a Laurita.

Venden frutillas. Frutillas chicas, probablemente dulces, de Coronda. Esta circunstancia es doblemente rara: la verdulería-frutería que queda a una cuadra de la casa de Laura suele estar cerrada a la hora de la siesta y nunca se ven frutillas a esta altura del verano.

Tentada por el rojo vibrante de la capa superior de frutillas en los cestitos de plástico verde (imposible saber en qué estado se encontrarán las de más abajo), la señora Laura se detiene, dudando. El verdulero, que se encontraba al acecho en el interior del local, sale rápidamente y la enfrenta. En voz muy alta, moviendo ampulosamente los brazos, hace el elogio de las frutillas. Una compradora más avezada o menos tímida que Laura podría deducir, a partir de la urgencia del verdulero en concretar la venta, que las frutillas están ya demasiado maduras. Pero la señora Laura sólo piensa en la forma de repeler la súbita arremetida vendedora, ya no quiere las frutillas, tal vez nunca las haya querido, y busca la forma de alejarse de allí.

No hay salida, sin embargo: la única posibilidad de librarse del verdulero es comprar al menos un canastito de frutillas, hasta se siente orgullosa, Laura, de su pronta reacción defensiva que le sirve para no llevarse tres o cuatro. Paga por sus frutillas un precio exorbitante y con el canastito en la mano se va casi corriendo.

La puerta del edificio está cerrada con llave, el portero está durmiendo la siesta. Al entrar Laura ve a un hombre parado frente al ascensor principal. Está mal vestido, tiene los ojos inyectados en sangre y las manos levemente temblorosas. Ella aferra las llaves como un arma y se prepara para arrojarle a la cara el canastito con frutillas. Se pregunta, avergonzada, por qué todos los hombres le resultan a tal punto amenazantes. Su mala conciencia posfreudiana la obliga a preguntarse qué oscuros deseos encubrirá ese temor absurdo. Sin embargo, no puede controlarlo y, sin pensar en justificarse, opta por utilizar el ascensor de servicio que está, por suerte, en planta baja.

El hombre, un vecino del cuarto piso, la mira alejarse sin sorpresa, lamentando no haberla seguido a tiempo. Ella ha cerrado rápidamente la puerta del ascensor de servicio y ya es tarde para alcanzarla. El vecino se siente muy mal. El calor y una cerveza recientemente consumida han aumentado, supone, su presión sanguínea, se le nubla la vista y le zumban los oídos. Decide volver a salir para tomarse la presión en la farmacia en lugar de seguir esperando que cierren la puerta del séptimo en el ascensor principal.

En su casa, por fin, la señora Laura pone las frutillas en la heladera. Más tarde pensará qué hacer con ellas.

# VIII. Por orden del médico

*En que Laurita acata fervorosamente las órdenes de su obstetra.*

complieswith

Por orden del médico. Con alcohol, dice mamá, para endurecerlos y después vaselina para que no se resequen, prevenir las grietas, pero mi médico no, eso era antes, con jabón ahora desde el segundo mes, con los dedos, con una esponja suave a partir del quinto, al final con un cepillo, cepillito de bebé, que no lastime, cinco a diez minutos de cada lado, nada de alcohol. El alcohol reseca, antes no resecaba, con vaselina después no resecaba, endurecía, en la época de mamá los bebés, al nacer, no veían, ahora ven, se sabe que ven, antes se sabía que no veían, ¿verán al nacer los hijos de mis hijos? ¿el mismo día de nacer? ¿resecará el alcohol a pesar de toda la vaselina después? ¿favorecerá el alcohol la aparición de grietas? Un kilo del útero solo, casi otro de los pechos, tres y pico se le calcula al bicho, al de adentro, más la retención de líquido, más el amniótico que al final

nunca es tanto, nueve kilos no más para mi altura y yo que ya van como doce, anda mal la balanza, la del tipo, como dos kilos de menos pero es
lo mismo, igual llevo aumentados doce, yo digo
tipo, qué tipo ni tipo, no se le dice tipo, doctor,
así se le dice, no me mete los dedos en la concha
un tipo todos los meses, no me abro de gambas
delante de un tipo para que mire, se meta, curio-
see por ahí adentro con su espejito con sus deditos enguantados, envaselinados, un tipo, me co-
loco en posición ginecológica, me tacta, introduce el médico sus médico-dedos en la vagina, el
cuello del útero me tacta el desgraciado, lo único
que le interesa, me hace doler a veces, qué le importa. Pobre, me dice la gente, con este calor y esa
panza pero a mí el calor ni fu ni fa, me nefrega el
calor, viva la panza, el ombligo se me sale para
fuera, con los dedos y jabón con una esponja, con
un cepillito suave así dijo el médico, y bien que
me controla, si orinó me pregunta, si movió el intestino y a usted qué le importa, si cómo va el
masaje de los pezones, fun-da-men-tal el masaje de los pezones para que se formen, se endurez-
can, por mi hijo lo hago, debo hacerlo, para que
estén formados los pezones, duritos, que pueda
prenderse bien el bicho, el pascualito, cómo baila el loco ahí adentro, la loca, vaya uno a saber ¿y
si son dos? No, si son dos ya se hubiera dado
cuenta, la areola crece, se oscurece, el útero com-

prime hacia el final los otros órganos, si como
mucho de una vez me dan ahogos, por acá anda
el diafragma, se comprime, se exprime, el músculo diafragmático, yo como poquito a poco todo
el día sigo engordando, diafragma, mondongui-
to, tengo que hacer un postre para Fede, yo no,
para mí no, comprar los merengues, frutillas ya
tengo en la heladera, batir la crema, quién quiere
coger con una panza de ocho meses cumplidos,
ya estoy en el noveno, treinta y ocho semanas es
a término, soy una madre, las madres no cogen,
me sale calostro de los pechos, intocables están,
tetas de madre, reservadas, por qué miércoles
tendré tantas ganas entonces, qué vergüenza,
una madre, será por la turgencia, dice el librito,
turgencia de los órganos sexuales, todos turgentes estarán por ahí abajo, qué fácil para un hombre mirarse el pito, por eso se lo mirarán tanto, lo
estudian, investigan, antes podía yo, pero fácil
nunca, cuando me estaban creciendo los pelos,
¿me pelarán toda para el parto? ¿conchita pelada
quedaré, como una niña? Igual no era fácil, de espaldas al espejo, agacharme, mirar con la cabeza
para abajo por entre las piernas abiertas qué decepción siempre, qué fea y peluda era mi concha,
qué verde era mi valle, qué rara mi cara al revés,
el pelo colgando para abajo, ahora es imposible,
hacer contorsiones con semejante panza, batir la
crema, fijarse si hay bastante azúcar impalpable,

las frutillas hay que limpiarlas, lavarlas bien, se
puede intoxicar la gente con frutillas, por los in-
secticidas, los plaguicidas que les echan. No me
animo, no se puede dice Fede, si te estás por lar-
gar a parir en cualquier momento, cuando me pa-
ro clac clac me hacen las rodillas, me duelen, yo
digo que le doy asco, no le digo, lo pienso, yo a él
no le digo nada, ni que tengo ganas qué vergüenza, en los libros no dice así, dice los últimos meses retraimiento, atenta a las percepciones internas de su cuerpo la embarazada se repliega sobre
sí misma, macanas, macanelas al gratín, un cor-
no se repliega, me repliego, no me repliego nada,
me siguió un tipo por la calle diciéndome cosas,
qué degenerado pensé yo, solamente un degenerado perverso depravado, a malos tratos some-
terme querría, vejaciones, Fede no es ningún degenerado, lógico, ¿no?, a esta altura ya es como
coger con dos al mismo tiempo, peor todavía si
piensa que el de adentro es machito. Con los dedos y jabón, entonces, primero, después con una
esponja, después con un cepillito de bebé, orden
del médico, también que haga siesta me dijo, si
puedo me conviene, mamá dice que no podía,
que no encontraba posición, dormía sentada al final, en un sillón, lo que es yo a pata suelta, por
ahí me cuesta un poquito en el momento, en
cuanto me quedo quieta se larga a patear el ñato
pero después duermo de un tirón, bueno, de un

tirón hasta el primer pis de la noche, pis a cada rato, pis de día pis de noche, pis en mitad de la película, pero esta tarde yo digo que el masaje mejor no, resistir, ¿resistir? ¿a una orden del médico, resistir? Él me dijo, ¿no?, él mismo se lo bus-
có, ¿no? Lo más hincha son los estrioles, ese análisis maldito, juntar veinticuatro horas de pis, ¿en
veinticuatro horas cuántas pishadas? Innúmeras
innumerables y al final un litrito apenas en el
frascote yo hubiera pensado que eran mares,
océanos, océanos procelosos de pis y mirá vos, litrito, litrito y medio, una miseria, tengo que tomar más líquido, agua, cortadito, juguito de naranja, a pishar que se acaba el mundo, así decía el
loco de Juanjo aquella vez qué manga de pianta-
dos, a pishar no decía, a coger, el Flaco con los saltos de Súperman, el gran viaje, los grandes viajes
se los mandó después él, viajes de ácido, no necesitaba ácido el Flaco, viajaba, volaba solo, en los
telos de Pacífico le dábamos qué berretada, se
pondría tierno si me viera ahora toda panza, en
el sillón del living cuando no teníamos plata, él
no tenía nunca, quién te ha visto y quién te ve,
vas a pasar del otro lado del mostrador, pibita, vas
a ser mamá mamita la vieja, la represión, la de-
fensora del orden y las buenas costumbres, la
moral de mis hijos defender, no fuméis marihuana hijos míos, no cojáis que se acaba el mundo,
veinticuatro horas de pis, cosa de locos, salir con

el frasquito en la cartera, pensar que antes con el
diafragma la cremita, ahora con el frasquete de
juntar pis, sellar los inodoros para no olvidarse,
mejor todo el día en casa, no perder ni un chorrito si no se arruina todo. ¿Dolerá yo digo? pero no
tengo miedo, no, Fede tiene miedo le preguntó al
médico, qué boludo, como si él supiera ¿parió
acaso? mongo parió, un cuerno, cómo son los
dolores le preguntó Fede, yo pensé qué va a decir
el tipo, el doctor pero estos se las tienen todas
pensadas, como si supiera dijo, como diarrea con
el culo cosido, así dijo el muy bestia, qué grose-
ro, a una madre, primero pidió disculpas, con
perdón de la palabra, lo que me dijo una paciente muy boca sucia les voy a repetir así me dijo ella,
y de ahí qué, igual me quedo en ayunas, como
diarrea con el culo cosido, quién se lo puede imaginar. Pobre, dice la boluda gente, ojalá que sea
machito, pobre con este calor, a mí me gusta el
calor, el calorcito, tiene lo suyo, con los dedos esponja cepillito, no está mal, es la turgencia, seguro, con un espejito de mano me puedo ver, todo
violáceo por ahí abajo, bien turgente, más fea y
peluda que nunca, pensar que hay minas que se
depilan la entrepierna, para el verano todas, yo ni
loca, cera caliente por ahí y después el tirón, peor
que diarrea con el culo cosido, hay que ser masoca ¿para parir hay que ser masoca? ¿Anestesia?
¿Hay que gritar, llorar, agarrarse de los barrotes

de la cama, anestesia pedir? ¿O parirás con dolor si no no vale? Sentir cómo va saliendo el cuchuflito dicen que es placer, qué placer, como si con diarrea te descosieran el culo ¿así placer? Deditos, esponja, cepillito, así placer. Estás hermosa, me dicen los muchachos, los amigos, hermosa, cara de embarazada hermosa, hermosa jubilada sexual, cuando no tienen ganas de coger se ponen tiernos, piroposos, pero yo sí, yo sí que quiero, ellos no, yo pura panza me lavo el pelo me lo peino, me pinto los ojos, del pescuezo para arriba nomás, otra cosa no puedo, las piernas hinchadas no me calzan las botas, tetas sí, dos números más de corpiño pero no para vos, pibe, tetas para mi niño niñita, mamará, chupará, rezumantes tetas, ay mamita que te chupo toda te dicen por la calle pero a una madre no, a una panza no, igual son puras macanas, al final siempre quieren que se las chupes vos, te chupo toda te dicen, vení que te pongo un vestidito de saliva a la hora de la verdad no cualquiera, no les gusta chuparla, solamente a algunos, a Pablo sí, a otros sí, pero no de madre, la madre es sagrada, hay una sola, las madres no cogen puede ser una vez, una sola vez para tenerme a mí, después no, antes no, yo tampoco, la verdad no quiero yo tampoco así, que me la metan tengo miedo, vergüenza, se mueve el pirulito, qué raro, qué dirá el de adentro, sentirá, el cuello modificado dijo el médico ¿dilatación?

¿encajado estará? ¿habrá empezado la dilatación?
¿Leche le lloverá en la cabecita, en la peladita, pe-
ludita, cabecita?

El departamento da al oeste y por la tarde el
sol pega con fuerza contra los ventanales del bal-
cón. Por eso están bajas las persianas y entre las
tablitas de madera el sol se filtra en rayos nítidos,
de límites precisos. Mirándolos de cerca es posible observar las motas de polvo que bailan con un
ritmo uniforme, lento, hasta que Laurita se acerca a uno de ellos y sopla con fuerza para compla-
cerse en el pequeño caos que ha creado, una re-
volución parcial de motas bailarinas. Tiene una
larga tarde por delante, Laura, porque ahora todas las tardes son largas, y las noches, y las mañanas. Si el tiempo, decía San Agustín, es una
cierta distensión del alma, las dulzuras de la espera obligan al alma de Laura a distenderse de tal
modo que podría rasgarse si su cualidad eminen-
temente elástica no la protegiera de ese riesgo.
    Una larga tarde por delante y dos tareas que
realizar: preparar el postre de frutillas, crema y
merengues y masajear largamente, por orden del
médico, sus pezones. Decide empezar por el postre, más tarde irá a comprar los merengues, por el
momento puede ir adelantando la tarea con el la-
vado de las frutillas. Saca de la heladera una ca-

nastilla de plástico verde que contiene, supuestamente, un cuarto kilo de frutillas, la da vuelta
en la pileta de la cocina y duda un momento,
mientras deja correr el agua caliente, sobre el mé-
todo que empleará para quitarles las hojitas verdes. Sabe que el trabajo será más rápido si utiliza
el cuchillo, pero en ese caso una pequeña parte
de cada frutilla se perderá inevitablemente, ad-
herida a las hojitas. Opta entonces, porque las
frutillas son ya muy caras a esta altura del verano, por limpiarlas con las manos.

Empieza por las más chicas, que siempre son
más, y comprueba, a medida que adelanta en su
tarea, que casi la mitad están machucadas o podridas. Trabaja lentamente, con torpeza. Después
de tres años de casada, Laurita no ha aprendido
todavía a comprar la fruta y la verdura y, a pesar
de que periódicamente cambia de proveedor, su
heladera suele contener una respetable cantidad
de manzanas quemadas, duraznos abichados, lechuga marchita y tomates excesivamente madu-
ros. Tampoco sabe planchar camisas ni manejar
el lavarropas. Su ineptitud en las tareas hogare-
ñas suele irritarla y hasta enfurecerla a veces, pero otras le produce una secreta satisfacción, como si esa ínfima rebelión la compensara por haber dejado de lado su aspiración a la agonía y el
éxtasis, por haber optado definitivamente por las
milanesas, matando en su interior las anacondas.

Esta noche milanesas, con eso siempre salgo del paso a Fede le gustan encantan, mezclo queso rallado con el pan mi secretito, por eso me salen tan ricas no tanto como las que hacía la mamá del Flaco, batía los huevos con cerveza con leche, dos pasadas por el pan rallado y queso, milanesas éxtasis poema, comidita para inapetentes, no para mí me morfo lo que venga, brazos gordos, doble papada, retención de líquido jajá, permítame que me ría, retención de ravioles mendicrim pan con manteca medialunas, alimento para orangutanes débiles pero todo se paga en este mundo, allá será el llorar y el crujir de dientes cuando tenga que bajar todo lo que subí de más, qué asco separar las más podriditas, blanduzcas, esa cosa blanca como algodón, ¿hongos? Todo se paga, vas a rodar de uno a otro decía mi papá esa palabra usaba, rodar, mueble, ¿te llevó a un amueblado esa basura? llorando yo que te llora, no sé lo que es amueblado papito a un telo fuimos nomás, las chicas que cogen mucho no se casan de blanco, no se casan de blanco ni de nada, nadie las quiere, todo se paga, se quedan solteritas solteronas, para un rato sí las quieren, de verdad para casarse no, mujeres usadas, manchadas gastadas sucias que se levantan tarde después de las nueve, no se visten, todo el día en salto de cama las muy putas, yo cogí y me casé y el sapo lo tiene usted. ¿Usadas, gastadas? Todo se gasta, se desgasta, todo se paga por eso no existe el movimiento perpetuo, las piezas se gastan se desgastan a pesar de tanto aceite, lubricante, cuide su motor, al final se para. ¿Se para? ¿Se gasta por adentro? ¿La vagina, de tanto frotamiento, movimiento? Setenta y cinco de diafragma era yo después cambié a ochenta, se me gastó desgastó, por el aumento de peso me dijo la ginecóloga, no me quiso decir gastada desgastada, todo se paga, por un agujero usado sucio gastado va a tener que salir el chiquitito pobrecito, mejor para él, más grande menos trabajo pero después ¿yo cómo? ¿Como cacerola yo? multípara concha grande, tetas caídas, palangana, las chicas que cogen no se casan las pajeras sí, se casan rapidísimo, todos se quieren casar con las pajeras las que no dan el dulce, pero todo se paga, después la pagan los hijos, hijos de alcohólicas, sifilíticas, secuelas, espectros, ahora no, antes sí, cuando no resecaba el alcohol tiempos de Ibsen mi mamá, los chicos al nacer no veían, yo sífilis nunca igual, ni gonorrea, hongos sí, honguitos, como las frutillas podridas, blanquitas cándida monilia, bichos varios, hemófilus tricomonas pero ladillas no, con gente seria yo, gente seria limpia que se baña, no como Silvina, ella ladillas sí, una vez, igual ahora tiene dos chicos, casada, madre, con ladillas. Con

los dedos, esponja, cepillito, qué ganas, ganas
eran aquéllas, ganas de niña virgen, Jorge, concha
prohibida, batir la crema después, esencia de vai-
nilla, antes cumplir con la orden del médico, madre seria, pajera responsable, irresponsablemente abortadora madre, dicen que pueden quedar
bridas en la matriz, bridas usan los caballos, los
úteros raspados, arre útero arre, por eso yo pensaba que no quedaba embarazada pero después
quedé, no tenía nada que ver, bridas quedan si te
lo hacen mal, un médico sabe, un médico te lo
hace bien, lo raspa bien, lo limpia bien un médico abortero serio responsable, título de doctor,
práctica no le faltaba a aquél, quince por día, por
mañana, del nombre ni me acuerdo, se quiere ol-
vidar una al final me embaracé igual, tomá y tomá, estéril no quedé, entonces no pagué, entonces debo, ahí estás pascualito, salude a mamita,
patadita a la vejiga de mamita pishona, patadita
no, manotazo será, cabezazo, ya estás cabeza abajo corazón de arroz, corazón de melón, melona-
zo en la vejiga de mamita pishona, otra vez al baño. No me imaginaba así, nunca así cuando estaba ahí la camilla, canaletas de metal, la cucharita,
cuando pensaba que todavía estaba a tiempo de
escaparme, chau hasta luego encantada de haber-
lo conocido, que lo tenía pensaba, la panza me
crecía, pero nunca así con ganas me pensaba,
atenta a las percepciones internas de su cuerpo,

replegada sobre sí misma me imaginaba al final, ganas ni jota ni medio, quién iba a pensar, parece que nunca más va a tener ganas una cuando se le viene la cucharita raspa raspa, igual a los quince días otra vez dale que dale pero en el momento no, como que nunca más, todo se paga, yo maté a un hombre decía Gerardo mandaparte chanta, yo maté a un ¿mujercita? ¿hombrecito? ni fetito, no fetito, embrión nomás, embrión hijito, a ese no lo quería qué tenía ese que no lo quería, hijito, a este sí, a ese lo maté, no se enteró de nada, ¿paga quién? ¿los platos rotos, fetitos rotos? ¿Este paga? Sanito que esté, enterito que no le falte nada, de madre abortadora hijito sano, fuerte, mamón, ¿se puede? ¿de mala madre? Entonces pago yo, parto difícil cesárea, me cortan la panza con un cuchillo filoso, me cortan el útero sacan la semillita, miren dice el médico obstetra obstétrico, cuchillero, tétrico, el tipo, el doctor, vengan todos, miren todos, todos miran la cáscara de la nuez vienen todos yo panza arriba, cortada sangre tirada, todo podrido por dentro, cómo se nota que abortadora madre, cogedora, todos miran, enfermeras ayudantes, otros, de todo el sanatorio vienen a ver, aborto, ab orto, ojalá hubiera sido porque si ab orto entonces embarazada no ab rige ablativo ablación aborto ab orto embarazo nunca visto señores, subiendo los espermatozoides cabezones, colita movediza trepando contra la corriente por el intestino, en el estómago anida blástula ergástula meiosis por eso no me cabe mucha comida, sofocones, estómago bien llenito de bebé si tiene mucho pelo le da acidez a la madre, juguito gástrico, después se cagan en la sala de partos pero mi médico no, prometió que no da enema, otros sí, el mío no, me salvo de la enema, me descosen el culo, pujo pujo pujo, en la clase de gimnasia practico jadeo pujo cambio de aire, patas arriba todas a pujar, cagar bebés, contenemos la respiración como si, pero de verdad no pujo nada, si hago mucha fuerza se me sale, mejor supositorios de glicerina, bebés en el inodoro, hijito, frutillita, postrecitos te voy a hacer, no comprados, por mis manos hechos, postrecitos.

Laura tiene puesto un solero suelto que solía usar con cinturón antes del embarazo. Como no está específicamente diseñado para la actual circunstancia, el vestido le queda chingado, mucho más largo de atrás que de delante, donde la panza le levanta ridículamente el ruedo. Las frutillas, el minúsculo montoncito de frutillas que han sobrevivido a la selección, ya están limpias y lavadas. Laura las coloca en un bol grande, amarillo, donde parecen todavía menos, más escasas. Las traslada, entonces, a un platito de café. Aunque

nadie las verá antes de que desaparezcan, sepul-
tadas en el postre de merengues, prefiere disimular ante sí misma la magnitud de su fracaso.

Después se saca el vestido: el calor lo justifi-
ca, las persianas están bajas, nadie la verá. En el
baño, frente al espejo, se saca el corpiño. El espejo es chico: alcanza a verse parte del vientre, los
pechos, el pezón bien formado, la aréola grande,
oscurecida, todo concuerda con los datos regis-
trados en la literatura para futuras madres, esos
manuales en los que Laura no se cansa de leer y
releer la información y la lista de consejos que ha-
rán de ella La Perfecta Embarazada. Laura se en-
trega últimamente a esas lecturas con la misma
apasionada, expectante atención con que leía,
cuando atesoraba aún su himen, las Técnicas Sexuales Modernas de Robert Street: es la descripción de lo desconocido que vendrá, la certera pre-
dicción de su propio futuro lo que despierta su
interés.

Está descalza y el frío de los mosaicos en la
planta de los pies le transmite una anticipada sensación de placer. Tal como en la Bhagavad-Gita el
divino cochero aconseja a Arjuna, que desfallece
antes de la batalla en la que deberá combatir a sus
propios parientes, Laura pretende convertir la ceremonia en un acto gratuito, desinteresado, un
acto necesario al que su deseo o sus sentidos de-
berían permanecer indiferentes. Sin embargo,

sus pezones se yerguen, ansiosos, mirando de
costado, como dos tímidos ojos, al jabón celeste
que reposa en la jabonera. Laura toma el jabón y
con la zona blanda, la que ha estado en contacto
con el fondo húmedo de la jabonera, se roza los
pezones y después, aumentando la presión, los
embadurna.

Mal comienzo. Una miríada de animales pequeños, de muchas patas, han iniciado ya su mi-
gración: trepan desde sus pechos hacia abajo, ca-
minan apresuradamente en busca de su sexo. Para liberarse de la intensa sensación comienza a repetir en un susurro una palabra, siempre la misma, que debería vaciar su mente de todo pensa-
miento, Om, dice Laura, om om om om om om
om om, desprenderla de su cuerpo, om om om
om om om om om om om, empieza del lado
izquierdo, con la mano derecha. Con los dedos,
esponja, cepillito. Primero con los dedos: Laura
toma el pezón entre el pulgar y el índice, lo aprieta levemente, lo frota como si intentara desator-
nillarlo, con todos los dedos, después, y a continuación, en movimientos circulares, con la palma de la mano. Om om om om om om om om
om. Cinco a diez minutos de cada lado. Repite la
operación del lado derecho, mira el reloj, apenas
ha pasado un minuto, om om om om om om om
om om om om om. Con las dos manos, los dos
pechos ahora, casi con furia, raspándolos con las

uñas, utilizando los nudillos. Om om om om om om om om cm. Y todavía falta la esponja, el cepillito. Vuelve a untarse con el jabón frío y mojado; ahora que sus pezones han despertado, son capaces de percibir toda la riqueza, el colorido, hasta el olor de lo frío y lo mojado. Om om om om om om om om omomomomom. La esponja es más áspera que los dedos, le comunica una nueva serie de esperadas-inesperadas sensaciones, hacia arriba y hacia abajo, de costado, otra vez en movimientos circulares y cuando le llega el turno al cepillito de bebé, Laura ya ha decidido que los mantra son para los hindúes, los fakires, los yoguis, no se adaptan a su mentalidad occidental, se saca la bombacha, alzándose apenas en puntas de pie logra sortear la panza, apoyar su sexo húmedo, caliente, contra el ángulo de la piletita enlozada mientras con una mano la esponja, con la otra el cepillito siguen trabajando sobre sus pezones.

El cepillito se comporta correctamente por un rato pero después empieza a bajar, inexorablemente baja hacia el llamado, roza levemente con sus cerdas suaves, aguzadas, perversas, las zonas turgentes y cada vez más turgentes, activas, inflamadas, mientras la esponja en el pezón derecho en movimientos calculados para permitir que el antebrazo pueda actuar sobre el izquierdo, se extraña la presencia de una tercera mano que colmaría de perfección el momento.

Una contracción la interrumpe, una de las leves contracciones indoloras que ha comenzado a percibir desde el cuarto mes: hasta quince o veinte por día son normales en esta etapa del embarazo. Laura se lleva las manos al vientre para sentir más claramente la repentina tensión, el creciente endurecimiento de las paredes de la matriz.

*womb*

Pobrecito culpa mía, mía no, del médico, todo por el masaje, masajito, músculo liso lisito el útero el corazón, seguro que esta me la provoqué yo, todo por adentro se comunica circuitos cables conexiones enchufes las hormonas, en el amamantamiento natural la succión de los pezones provoca contracciones que ayudan al músculo uterino a recobrar su tamaño normal, para qué lo seguiré leyendo si ya me lo sé de memoria, entonces antes también, si me toco las tetas zácate, se contrae. Contracción contracción la pajera al paredón, qué sentirá ahí adentro tan crecido ya casi no cabe, el pozo y el péndulo, las paredes que avanzan lentamente, despacito avanzan sobre el chiquitito avanzan empujan aprietan queman lo tiran al pozo hondo hondo angostito, qué sabe él lo que hay en el fondo, del otro lado, su tamaño normal recobrará el músculo

uterino, liso, forma de higo, ahora forma de
sandía, tamaño peso de sandía, qué ganas ganas ganas, calentita calentura deseo no de coger deseo, de tocarme esponja cepillito, después me arde ahora qué me importa, no acabar todavía no, ganas hermosas locas, estirar-
las, placer así, deseo, después no, omnia ani-
malia tristia post pajitam est, ovidio corazón,
qué bueno saber latín ser una joven culta ta-
lentosa universitaria, capaz de recurrir al latín
en situaciones críticas, me olvidé el diafragma, corazón, qué tal si le damos per angostam
viam, calentura, salgo del baño, calor, me pa-
seo desnuda por la casa, sentarse en los sillones de pana, ojo la pana mejor no, pana gua-
nabara se ensucia mancha después no se puede limpiar, pana sintética sí pero brillosa no
me gusta, me gusta, me gusta, me gusta, hasta el aire me toca, el aire en la piel de los hombros, de la panza, patadita, pateá loquito, que
me gusta, divertite, loco, pasala bien, calentura de aquellas, las de antes, catorce quince dieciséis añitos, antes de, calentura loca de niñita casta, niñita que no coge, de las con Jorge,
el cine el parque Rivadavia, manos por debajo por arriba del corpiño, no se dejan desabro-
char el corpiño, no se dejan sacar la bombacha
cada dos por tres cambiarles los elásticos esti-
rados arruinados, se mojan se calientan, des-

pués cuando se puede coger ya no es lo mismo, Jorgito, no son las mismas ganas, de espaldas contra el suelo piernas abiertas culito sobre la alfombra, ombligo salido para afuera apunta al techo dispara disparó, se tira del hilito, se descose el ombligo sale el bebé por el ombliguito, toda caliente cara caliente me miro en el espejo colorada, mejillas rojas así me encontraba mamá comprensiva perdonadora madre de niñita casta todo está bien si no se coge, se sonreía, cara apoyada contra la de Jorge, te raspó con la barba, así tu papá a mí, me decía, compliceaba, no tenía barba, Jorge, chiquito, pelusita nomás, no era la barba, era la calentura la pura calentura me alzaba los colores, caliente colorada, después nunca más ahora sí, apoyar las tetas contra las paredes rugosas pintura yeso frotarse inclinarse hacia adelante, dificilísimo panza va primero choca con todo esquema corporal pancitas chocadoras, me toco con la mano dedos toda la mano, qué mano sabe tanto como mi mano, ninguna mano, dicen que los ahogados justo antes, los ahorcados dicen otra cosa, eyaculan de su semen brota la mandrágora yo digo los ahogados, ellos se acuerdan de todo no eyaculan, las imágenes delante de los ojos, la vida entera, yo los tipos los señores antes de ahogarme ahorcarme orgasmarme de diezdedos me acuerdo, de

la varita mágica del palo el cabezón, los que
me pudieron los que no, Punta del Este Villa
Gessell, hay que hacer acopio le decía yo a Silvina, en el verano hay que hacer acopio como
las hormiguitas, el invierno es frío difícil, los
hombres se meten en sus cuevitas, hacer acopio en el verano, llenar el granero asegurarse
los fines de semana con un trapito mojado me
toco, pañuelo repasador lo hago pasar repasar
despacito monto una almohada la cabalgo no
quiero todavía no quiero, que me dure, Kalnicky Kamiansky qué boludo udo udo no me
pudo el muy boludo quién sabe a veces los bo-
ludos cogen bien una se lleva sorpresas el nivel intelectual no es todo en la vida el cocien-
te intelectual calienta coce cocina recocina co-
ciente, qué vergüenza calentarse con un zon-
zo con un burro, qué vergüenza calentarse una
madre noveno mes las madres no cogen mucho menos se pajean con alcohol decía mi mamá para endurecerlos, después con glicerina
para que no se resequen ¿se calentaría mamá
con alcohol, con glicerina? ¿adentro yo, fetita? ¿fetita, mamona, calentita? Así no, duele,
dolor no, masoca no, me pegaba Pablo ¿me
gustaba? no me dolía no me pegaba fuerte de
verdad ver bajar la mano a mi cara sí, abierta
pegadora sí, dolor no, de rodillas sí, masoca sí,
hipopótamo, me quería Jorge amaba adoraba

me pajeaba al final, lo largué duro, al palo lo
largué, bien duro, palo duro, le pasó por encima al hipopótamo a Jorge, el amor, perdió dos
materias después recuperó, todo se paga, se
pega se pasa se pisa, aquel de la calle, flor de le-
vante se hizo, contento, levantisco, ojos azules, morochazo, dos veces le pagué el café otro
que se quedó jajá, con la leche en el ojo se quedó jajá, por vivaracho, machito vivo, varoncito, el novio de América, gran cogedor de América todos se creen todos cada uno, me gusta
me gustan, se creen especiales, distintos, todos son especiales, diferentes iguales menos
vos, che, a vos te hablo, ¿machito serás vos?
¿hembrita? ¿conchita, mujercita? ¿conchita
como mamita? ¿vas a saber que yo mamita?
¿me vas a querer, loco, loquita, dulcecita? ¿Ma-
mar de mis tetitas? Que por vos lo hago, por
vos, me froto froto las tetitas pezones fuertes,
de fierro, pezones importados, fortachones
duritos, el doctor controla ¿se hace el masaje
de los pezones, Laura? ¿se lo hace? ¿todos los
días se lo hace? Sí doctor, sí señor, todos los
días lo hago me lo hago, otra contracción la pu-
cha, es normal ¿es normal, doctor, contracciones? Es normal, Laura, uterinas contracciones
indoloras leves normales.

Los libros están correctamente alineados en la biblioteca, ordenados por colección y por tamaño. Los estantes de la biblioteca, que son fijos y dejan entre sí espacios muy dispares, no permiten otro tipo de clasificación. Laura desea prolongar este momento de delicioso equilibrio antes de dejarse caer por la dulce pendiente del orgasmo y trata, entonces, de elegir un libro que sirva para complementar su estado de ánimo, azuzar su fantasía. Le gustaría encontrar un texto simple, inocentemente pornográfico, casi pueril, tal como imagina las famosas *Memorias de una Princesa Rusa*, que nunca leyó.

Cruzan por su mente algunas imágenes de una revista pornográfica que alguien le mostró hace tiempo, donde todas las mujeres estaban en avanzado estado de gravidez y que en su momento le produjo indignación y asco. Recuerda también, claramente, una fotografía que nunca vio, de la que un hombre le habló una noche describiéndola como muy excitante; a ella le resultó esa descripción indiferente, por eso se sorprende ahora de verla con tanta nitidez: una muchacha desnuda, sentada contra la pared, tomando sopa con una cuchara de una cacerola cuyo mango se introduce profundamente en su vagina.

Duda un momento con uno de los *Trópicos* en la mano pero sabe que no le servirá Miller,

ni el sexo metafísico de Mailer, la buena literatura la calienta siempre pero de otro modo, no
es necesario que los textos sean eróticos, basta con que estén bien escritos para que tenga
ganas de acostarse con sus autores. Está la *Fi-
losofía del Tocador*, pero no puede con Sade,
le da miedo, es radical, revulsivo, recuerda a
una señora decente, una madre, a la que, después de haber sido violada por un sifilítico, le
cosen la vulva para impedir la huida de las es-
piroquetas; por un conjunto de confusas aso-
ciaciones la escena la remite a su estado actual,
Sade no, imposible.

Elige un libro cualquiera, de lomo ancho,
que le resultará perfecto para apretar entre sus
piernas mientras sigue, acostada en la cama,
masajeándose enérgicamente los pezones. Entonces descubre, en el estante de libros en inglés (pueden agruparse fácilmente, son todos
más o menos del mismo tamaño, ediciones de
bolsillo), un ejemplar de Candy. Aunque en la
primera lectura la imbecilidad de la protagonista (y el hecho de que fuera, precisamente,
esa cualidad la que parecía desatar el desafora-
do deseo de los hombres) le anuló las ganas,
sabe que algunos pasajes podrían serle útiles.
Lástima que esté en inglés. Recostada en la cama matrimonial, con las piernas abiertas, las
rodillas levantadas, casi en posición ginecoló-

gica, mientras su mano libre trabaja arriba y abajo alternativamente, Laurita trata de leer, traduciendo, un párrafo tomado al azar.

El jorobado le puso las manos debajo, apretando las pelotas de gomaespuma de sus nalgas, y chupó y nibbled su pequeño clit con creciente vigor. Candy cerró los ojos y gradualmente elevó las piernas, straining suavemente hacia arriba ahora, dejando caer sus brazos hacia atrás, cerca de su cabeza, uno a cada lado, fingiendo que estaban pinioned allí, writhing despacio... Es al pedo, no me caliento en inglés, buena traductora pero me falta vocabulario mal momento para buscar en el diccionario, con el jorobado no me pasa nada con Alain Delon sí antes, de pendeja, tres veces el Tulipán Negro qué bodrio bodriazo, yo Virna Lisi en sus rodillas, tan lindo cuando hacía de malo la cicatriz que le cortaba la cara, ahora madurito bobito, caras que maduran con los años otras se pudren esta se pudrió, se afofan afufan se afufó, el libro entre las piernas, saliva en los pezones, dame la mano me dijo aquel voz rara como si tuviera la boca llena le di la mano la tomó entre las suyas, la llevó a su boca palma hacia arriba me escupió en la mano, un buen chorro de saliva espumosa, resbala-

diza, lubricante buena para frotar su cabecita
fresca de judío cortado, terminadito a mano,
le gustaba la piccolina como a Sergio, festichola, los incas horizonte mítico, como los incas
al final nunca pudimos, qué curda padre, grabados en vasijas, él sentado ella acostada sobre las piernas de él las piernas de ella sobre
los hombros de él, él se tira hacia atrás levanta las piernas la levanta a ella ahora ella sentada sobre él ahora para el otro lado, hamaquita
balanceo, eso no es fifar es hacer gimnasia, decía yo, él decía porque estás gorda, ella tiene
que ser muy flaquita livianita treinta kilos de
diferencia por lo menos, festichola a quién in-
vitaría yo a una festichola todas las chicas de
la clase de gimnasia, panzas de cuatro a nueve
meses sus maridos, cursos de coger preparto,
un dos meter, un dos sacar frotar tocar, panzas a chocar, los fetitos a bailar, cambiar de pareja volver a empezar erotizar rotizar, pollitos
al infrarrojo incubadora, calentar, pollito chiquito ratoncito la vas a pasar bien conmigo,
nunca te voy a dejar, conmigo a todos lados te
voy a llevar, al trabajo a las compras al campo
a la playa a la playa a los dibujitos a la luna al
circo. Al circo cirquero, domadora, circo colores domadora desnuda látigo entra en la jaula
de los leones frasquito como de talco en la mano, talco no, azúcar, domadora se acuesta so-

bre plataforma piernas colgando separadas, se
espolvorea con abundante azúcar hace resta-
llar el látigo chic chac el león abre bocaza fauces rojas fauces, roja lengua brillante húmeda
áspera mojada lengua hacia ella patas acolcha-
das camina felinamente león hacia el azúcar,
primero lamidas grandes generales, piernas
más separadas lengua roja azúcar abundante,
después cada vez menos, hay que buscarla leonazo hunde lengua áspera modela hunde ex-
cava, intersticios, azúcar canales montículos,
por su placer busca rebusca, hasta el último
granito de azúcar por su gusto no como ellos
machazos neomachos, leonazo, antes cuantos
más polvos más machitos ahora modernos ac-
tualizados superhombres ¿cuántas veces que-
rida? veintisiete amor mío, nunca tantas antes
corazón, sudorosos nauseosos acalambrados
atletas del orgasmo ajeno, leonazo no, por su
gusto, azuquita rica, domadora gozosa cada
uno en lo suyo así los dos, trapecista triple salto mortal él la espera en el otro trapecio debe
ella de sus tobillos colgarse sostenerse falla fa-
lló, alcanza con los dientes a colgarse salvarse
de su pito todos aplauden asombrosa fortale-
za de su mandíbula la de ella, afortunadamen-
te no se desprende el órgano, se estira estira
suavemente la deposita sobre la arena y ovaciones, ella abre la boca para agradecer aplau-

sos ovaciones suelta elástico que vuelve de un
golpe elástico chicotazo alarido, malabarista
arroja pelotas en el aire las ataja, huevos bolas
pelotas peludas pequeñitas suaves en el aire,
contorsionista embarazada en cuatro patas
boca arriba hacia atrás cabeza entre las piernas
panza arriba bien se lame el buey la vaca sola
la campañola se come sola con el pelo cabeza
pelo lanudo negro se frota frota virulana, des-
file de elefantes cada uno la trompa en el agujero del que sigue, el de adelante bella muchacha hindú esmeralda en el costado de la nariz
punto rojo en la frente empalada en su trompa, la trompa de adelante, la mujer gorda del
circo culo grandote enorme pintado de rojo,
el enanito hombre bala casco puntiagudo le
protege el bochito se mete en el cañón, la mujer gorda se agacha separa las nalgas se ve entrada de la enorme caverna húmeda fresca, el
cañón va a disparar dispara disparó, qué pun-
tería, la mujer gorda se da vuelta hacia el público inmensa panza en aguda punta filosa
casco puntiagudo, si la panza está en punta va
a ser varón que sea un varoncito me dicen todos, boni auguri e fili mascii, si a los enanitos
se les frota fuerte fuerte la cabeza crecen crecen se vuelven gigantes, equilibrista sobre la
cuerda floja sin las manos sin los pies sobre el
pito equilibrio derechito duro, aplausos aplau-

sos, payasas embarazadas matan de hacer el sesenta y nueve chocan panzas no les sale, todos se ríen ríen, se introducen verduras pepinos zanahorias tomates calabazas yo no me meto nada tengo miedo con cuidado después se infecta, yo me cuido, los deditos limpitos, la lengua del león la domadora acaba con el mango del látigo por dentro más la lengua áspera brillante roja por fuera yo casi también acabo ya no quiero todavía los espectadores mirones se pajean nenitas con las piernas estiradas duritas apretadas, no te toques hijita la colita de adelante te podés enfermar, no me toco más mamita acabo sin tocarme entre las piernas aprieto fuerte la conchita, se pajean aplauden, en primera fila muy serios papá mamá la abuelita mis cinco hijos no se ríen no aplauden no acabo me levanto, me miro en el espejo.

Laura se mira en el espejo de cuerpo entero de su dormitorio. Se mira de frente y de perfil observando cómo cambia de forma su vientre cada vez que el bebé se mueve. La alivia comprobar que la salud de su hijo no parece haber sido afectada por sus fantasías, aunque le gustaría verlo ya, sano y entero, asegurarse de que ni su imaginación ni sus orgasmos son capaces de dañarlo o deformarlo.

Tranquilizada en parte, vuelve a sentir que toda su piel está inflamada, a punto de estallar de deseo. Entonces entra nuevamente al baño, donde el toallón, impávido, sigue haciendo juego con las dos toallas, como reafirmando un orden externo que señala, delimita y acusa el brusco desorden que la habita. Vuelve a enjabonarse los pezones y se sienta en el bidet. Para justificarse, mientras gradúa contra uno de sus muslos la temperatura y la presión del chorro de agua antes de exponer a esa lluvia ascendente su delicada zona vulvar, se recuerda la importancia que todos los manuales adjudican a la higiene, a una correcta, diaria higiene de los genitales externos de la embarazada.

Una vez que ha logrado el punto exacto de tibieza y la altura deseada, se sienta a horcajadas sobre el bidet y con las dos manos se frota los pezones mientras el chorro de agua acaricia la entrada de la vagina, los labios, el clítoris, de acuerdo con sus leves cambios de posición. Al principio trata de organizar en su mente una escena en la que debería participar ella misma y otros hombres o mujeres, pero pronto descubre, pasando revista rápidamente a sus recuerdos y fantasías habituales, que ningún hombre real o imaginado ha llegado a provocarle nunca un placer tan intenso como el que le proporciona esa lluvia leve que la toca siempre de otro modo (el fuego, el agua, jamás idénticos a sí mismos) entregándole el roce combinado de cada uno de sus múltiples, finos chorros surgentes. Totalmente relajada, con los ojos abiertos pero sin ver nada ya, gimiendo, con la mente en blanco, entra en un orgasmo intenso, largo, casi doloroso.

Después, utilizando el mismo chorro, que parece ser otro, sin embargo, se lava con jabón la zona genital. Cierra la canilla, se enjuaga los pezones, se viste. Lava a fondo con agua caliente y jabón la esponja y el cepillito de bebé con el que jamás —eso ya está decidido— peinará la cabeza de su hijo. Todavía tiene que batir la crema y comprar los merengues para el postre, pero antes debe cumplir con otra de las órdenes o sugerencias del médico: dormir la siesta.

Los espasmódicos movimientos de su vagina han desencadenado como reacción una serie de contracciones bastante fuertes del músculo uterino, que poco a poco van disminuyendo en intensidad y frecuencia. Tampoco esta vez se iniciará el trabajo de parto. Agotada, satisfecha, se acuesta vestida sobre la cama.

Laurita está profundamente dormida. Pero en su vientre, enorme, dilatado, alguien ha vuelto a despertar. Es un feto de sexo femenino, bien formado, con un manojo de pelo oscuro en la cabeza, que pesa ya más de tres kilos y se chupa furiosamente su propio dedo pulgar, con ávido deleite.

# Índice

emecé
editores

**España**
Av. Diagonal, 662-664
08034 Barcelona (España)
Tel. (34) 93 492 80 36
Fax (34) 93 496 70 58
Mail: info@planetaint.com
*www.planeta.es*

**Argentina**
Av. Independencia, 1668
C1100 ABQ Buenos Aires
(Argentina)
Tel. (5411) 4382 40 43/45
Fax (5411) 4383 37 93
Mail: info@eplaneta.com.ar
*www.editorialplaneta.com.ar*

**Brasil**
Rua Ministro Rocha Azevedo, 346 -
8º andar
Bairro Cerqueira César
01410-000 São Paulo, SP (Brasil)
Tel. (5511) 3088 25 88
Fax (5511) 3898 20 39
Mail: info@editoraplaneta.com.br

**Chile**
Av. 11 de Septiembre, 2353,
piso 16
Torre San Ramón, Providencia
Santiago (Chile)
Tel. Gerencia (562) 431 05 20
Fax (562) 431 05 14
Mail: info@planeta.cl
*www.editorialplaneta.cl*

**Colombia**
Calle 73, 7-60, pisos 7 al 11
Santafé de Bogotá, D.C.
(Colombia)
Tel. (571) 607 99 97
Fax (571) 607 99 76
Mail: info@planeta.com.co
*www.editorialplaneta.com.co*

**Ecuador**
Whymper, 27-166 y Av. Orellana
Quito (Ecuador)
Tel. (5932) 290 89 99
Fax (5932) 250 72 34
Mail: planeta@access.net.ec
*www.editorialplaneta.com.ec*

**Estados Unidos y Centroamérica**
2057 NW 87th Avenue
33172 Miami, Florida (USA)
Tel. (1305) 470 0016
Fax (1305) 470 62 67
Mail: infosales@planetapublishing.com
*www.planeta.es*

**México**
Av. Insurgentes Sur, 1898, piso 11
Torre Siglum, Colonia Florida, CP-01030
Delegación Álvaro Obregón
México, D.F. (México)
Tel. (52) 55 53 22 36 10
Fax (52) 55 53 22 36 36
Mail: info@planeta.com.mx
*www.editorialplaneta.com.mx*
*www.planeta.com.mx*

**Perú**
Grupo Editor
Jirón Talara, 223
Jesús María, Lima (Perú)
Tel. (511) 424 56 57
Fax (511) 424 51 49
*www.editorialplaneta.com.co*

**Portugal**
Publicações Dom Quixote
Rua Ivone Silva, 6, 2.º
1050-124 Lisboa (Portugal)
Tel. (351) 21 120 90 00
Fax (351) 21 120 90 39
Mail: editorial@dquixote.pt
*www.dquixote.pt*

**Uruguay**
Cuareim, 1647
11100 Montevideo (Uruguay)
Tel. (5982) 901 40 26
Fax (5982) 902 25 50
Mail: info@planeta.com.uy
*www.editorialplaneta.com.uy*

**Venezuela**
Calle Madrid, entre New York y Trinidad
Quinta Toscanella
Las Mercedes, Caracas (Venezuela)
Tel. (58212) 991 33 38
Fax (58212) 991 37 92
Mail: info@planeta.com.ve
*www.editorialplaneta.com.ve*

Grupo 🌐 Planeta    Emecé es un sello editorial del Grupo Planeta  www.planeta.es